ハイ・フロンティア

笹本祐一

航空宇宙会社スペース・プランニングに所属するパイロットの美紀たちは、太平洋上での超音速大型機ヴァルキリーの試験飛行中、正体不明の機体からミサイル攻撃を受ける。同時に、ハードレイクにある本社にも撃墜予告が届けられていた。どうにか危機を脱した美紀たちだったが、その後も未確認機から狙われる出来事は続き、さらに騒動の証拠となる管制局の記録が書き換えられていることが発覚する。彗星捕獲レースに参加した企業や、航空宇宙産業全体にも同様の妨害を仕掛ける犯人は何者なのか、そしてその目的とは――星雲賞受賞作シリーズ第３弾。

登場人物

■航空宇宙会社スペース・プランニング
羽山美紀《はやまみき》……………………パイロット
ジェニファー・V・ブラウン……社長
マリオ・フェルナンデス…………オペレーター・
ナニー・モレタニア………………事務全般担当
ヴィクター…………………………チーフメカニック
ウォーレン…………………………サブメカニック
デューク・ドレッドノート………最古参のパイロット
ガルビオ・ガルベス………………ベテランパイロット
チャーリー・チャン………………パイロット

■その他
ガーニイ・ガーランド……………航空宇宙会社オービタルコマンドの社長。通称大佐
スウ…………………………………カリフォルニア工科大学に研究室を持つ惑星間生物学者の少女。マリオの同級生
劉健《リユウケン》…………………………………総合商社カイロン物産勤務。ジェニファーの元夫

ハイ・フロンティア

星のパイロット3

笹 本 祐 一

創元ＳＦ文庫

THE HIGH FRONTIER：
THE ASTRO PILOT #3

by

Yuichi Sasamoto

1999, 2013

目次

ハイ・フロンティア

星のパイロット3

フライト1

「この辺りの海岸線も、ずいぶんと変わっちまったもんだ」

きつめの傾斜《バンク》をかけた操縦室から、眼下に広がる西海岸を見たガルビオ・ガルベスがつぶやいた。天気は快晴で上空の視程は長いが、都市部にはまるで吹きかけたようなスモッグが張りついて動かない。

「話だけは聞いてますよ」

パサディナのカリフォルニア工科大学《カルテック》に通っていた一時期、マリオ・フェルナンデスはロサンゼルスに住んでいた。

「昔は泳げる海岸がいっぱいあったのに、今は平均海面上昇のおかげで、すっかりそんなものなくなったって」

「ごっつい堤防で上昇した海面を食い止めてるからな。この辺りの海岸線もすっかり角張っちまって、昔みたいな自然そのままの海と陸の境目ってのは、もう崖くらいしか残ってねぇ」

ガルベスは、ゆっくりと機体のバンクを戻した。白い巨体が、水平飛行に戻る。

「オークランド管制センターより連絡。予定空域に他の飛行計画《フライト・プラン》なし、こちらの飛行計画は基本的にそのまま了承されているそうです」

「そりゃありがたい。それじゃ、高度をとって行ってみようか」

ガルベスは、センターコンソールにあるスロットルレバーを押し上げた。

「出力九〇パーセント、上昇開始します」

操縦士席の美紀《みき》は、機関関係の計器類から目を離さない。操縦室にいても翼下のエンジンポッドに六基並べて装備された大型のジェットエンジンが唸りを上げるのがわかる。

「音速突破、外翼アクチュエーター作動開始」

全幅三〇メートルを超すデルタ翼の外側が、ゆっくりと下方に向けて折れ曲がりはじめる。

「バイザー、超音速巡航位置に上昇。……ただでさえ視界よくないのに」

空気抵抗の低減のため、傾斜角のきついフロントグラスの前に備えられたバイザーが、機首の形を整えるように上昇する。デルタ翼機は揚力確保のために仰角を大目にとるので、視認できる範囲はさらに狭くなる。

「どうせ、超音速飛行なんてのは計器飛行なんだ。音より速く飛んでるときに、いちいち目で見て確認するなんてできやしない」

「そりゃ、わかってはいますけど……」

機首上げのまま成層圏の高みに上昇していく操縦席で、美紀は旧式新式が入り交じっている乱雑な計器パネルに目を落とした。滑らかに上昇していく高度計の数字を読み上げる。

「……高度二万五〇〇〇、予定高度です」

「高度二万五〇〇〇、速度マッハ一・四、ただいまより最高速テストを開始する」

バイザーが上げられた操縦室からの視界は、ほとんどないに等しい。超音速巡航のために機首の風防の傾斜角がきつくなるから、ハスラーにくらべて見える範囲ははるかに狭い。左側の機長席に着いているガルベスは、製造された時そのままのエンジン関係のパネルと近年になってからいかにも急ごしらえに追加されたらしい液晶パネルに目を走らせた。

「エンジン、ナンバー一から六まで異常なし……」

美紀が、プリントアウトを綴《と》じた分厚いマニュアルを膝の上に拡げたまま自信なさそうにつぶやいた。

「こっちでも異常は感知してない」

ふたつ並んだ操縦席の後ろに横向きに追加装備されたかつての機関士席にいるマリオは、飛行実験用に装備されたフライトコンピュータの前で持ち込んだラップトップのキーボードを叩いている。

「センサー系統は全部正常に動いてる、異常があればすぐわかるよ」

「だから、そういう問題じゃなくて……」

半世紀以上も昔のアナログ式の垂直表示式の計器と、ニュー・フロンティア社がテスト飛行のために追加した多機能《マルチファンクション》ディスプレイが混在する雑然とした操縦パネルを見回して、美紀は頭を振った。

「自動燃料移送装置異常なし。現在、外翼下反角二五度、自動《オート》コントロール作動確認。最高速飛行に問題なし、のはずだけど」

「そのために作られた機体だ。マリオ、何か異常があったらすぐ知らせてくれ。エンジン、最大出力に移行する」

ガルベスは、機長席と操縦士席を隔てる大きなコンソールに六本並んでいる頑丈なスロットルレバーに手をかけると、無造作に最大出力域に押し込んだ。

操縦席に伝わる金属音がその周波数を高めた。美紀は、旧式な操縦席のバックレストに押しつけられる加速を感じた。

「エンジン出力上昇、速度マッハ一・五、一・七……外翼アクチュエーター作動開始、下反角増加します」

全幅三二メートルに達する巨大なデルタ翼は、超音速で飛行する時には方向安定性を高めるために外側が下に折れ曲がるようになっている。これは垂直尾翼の面積が増えるのと同様の効果をもたらし、最大に折れ曲がった状態でその角度は六五度、機体下のエンジンセクションよりも下にはみ出ることになる。

「マッハ二突破、さらに加速続行」

「カメラ積んだ追跡機《チエイス・プレーン》が欲しいとこだな。さぞかし豪快な飛行が見られるぜ」

「こいつに追いつける機体は、うちじゃハスラーだけだよ」

マリオは、何面もあるディスプレイ上で目まぐるしく変化する飛行状況、エンジンの状態、そして機体周辺の空域の情報から目を離さない。

「だけど、こいつとハスラーを同時に飛行させるなんていったら、ミス・モレタニアが絶対に許してくれないだろうなあ」

「ヴィクターとウォーレンが、オービタルコマンドのスタッフにまで手伝ってもらってやっと飛ばせるようにしたのよ」

美紀は、ディスプレイ上のスピード計とマッハ計の二カ所で表示されている、上昇していく数字から目を離さない。

「この機体は六発機だから、四発のハスラーとくらべてエンジン整備だけでも一倍半の手間かと思ったら、それどころじゃないって。ハスラーは手がかからないようにいろいろ手を入れてるけど、こっちはほとんど実験機みたいなもので、おまけにここに来るまでにデータ取りとかテストとかで散々改造されてるでしょ。整備の手間とコストは、二倍どころじゃなくて一〇倍くらいになるんじゃないかって」

「一〇倍かあ。ここのところ毎日徹夜みたいだったし、民間で運用できるコストじゃないなあ」

「いくら、ただ同然でせしめた機体だといっても無理か」

ガルベスは操縦桿《かん》を握り締めたまま、正面の姿勢表示ディスプレイをじっと見つめている。超音速飛行は実質的に計器飛行になるから、機体姿勢や飛行方向を監視し続けなければならない。

「しかし、ハスラーで、重くなったE型の空中発射はできんぞ」

「オービタルコマンドから空中発射母機を借り出して、初期速度が足りない分は推進剤の増加で補うしかないでしょう。大型のブースターを使うのなら、大佐のアントノフでもさほどペイロードを落とさずに済むはずです」

多面ディスプレイを監視しながら、マリオが答えた。

「……そうか、エンジンいじって出力上げるって手があるな。ロシア製の頑丈な機体なら、超音速飛行の空力抵抗にも耐えられるはずだ」

「やめとけ。亜音速輸送機の後退翼で超音速してみろ、翼端から吹き飛ぶぞ」

「それじゃ可変翼にして」

「人様の商売道具においたしちゃいけません」

美紀がしれっと言った。

「間もなくマッハ三。そろそろ最高速度になります」

「こんなもんじゃないかとは思ってたが……」

操縦桿を握るガルベスが、機長席まわりの多機能ディスプレイから機首の温度上昇と飛行姿勢を読み取った。

「力まかせにぶっ飛んでいくタイプの機体だな。ブラックバードの五割引きくらいは期待してたんだが、機動性なんかないぞ、こいつは」

両翼端を最大の六五度に垂れ下げて、全長六〇メートル近い大型機、ノースアメリカンXB－70Aヴァルキリーが太平洋上空を超音速で飛んでいた。

超音速爆撃機という構想も、それを製作した会社も今は存在しない。試作された二機のうち、一機が試験飛行期間中の事故で墜落、残った一機は空軍からNASAの管轄に移され、高速実験機としてその使命を終えた後、オハイオ州の空軍博物館に現在も保存されている。

爆撃機から高速偵察機に種別が変更され、パームデール工場で製作が開始されてから、合衆国空軍は兵器システム一一〇A計画の全面的な中止を決定した。

先行量産型として実験試作二機の飛行データをもとに改良を加えられて製作が開始された三機目の機体はほとんど完成しながらも作業中止の憂き目を見、工場から倉庫の片隅に移され、そのまま半世紀以上も放っておかれた。

未完成のまま制式ナンバーも与えられなかったため、余剰機や予備機を保管するデビスモンサン基地にも引き取られなかった機体は、ノースアメリカン社がロックウェルと合併し、さらにボーイング社に吸収され、パームデール工場の倉庫の老朽化による建て替えが具体化した時に、社外のコンサルタントによってやっと再発見された。倉庫に残されていた機体と、数機分の予備部品がどうやってニュー・フロンティア社の空力学研究所の手に渡り、再び飛べるまでに復元されたのか、その経緯について発表されていることはほとんどない。

その後のマリオの調査、及びニュー・フロンティア社から流れてきた断片的な情報を総合すると、本来存在しないはずの機体のため、本来のカスタマーであるはずの空軍も製造会社であるノースアメリカンを吸収したボーイング社も知らんぷりを決め込んだ、というのが真相らしい。

超高空を、自身の発する衝撃波に乗って超音速巡航するというコンセプトは、完成後半世紀以上経って、スペースプレーン開発のためのテスト母機として再び活かされることになった。何年かにわたる慎重なテスト飛行と改良、小規模なシステム変更を経てリファインされたヴァルキリーは、その役目を終えて再びサンフランシスコ郊外のニュー・フロンティア社の格納庫に保存されていた。いくつかその将来についての計画はあったものの、そのどれもが具体化せずにいたところにニュー・フロンティア社はヨーコ・エレノア彗星捕獲計画の失敗によって倒産、そのすべての資産は競売によって整理された。

ニュー・フロンティア社がひっそりと運用していたはずの大型超音速機が、なぜスペース・プランニングの所属になったのか、関係者の口が途端に重くなるためにその経緯もまた知られていない。

一時期行方不明になっていたこの超音速実験機は、いつの間にか空中発射母機に機種変更されてスペース・プランニングの所属機として再登録されていた。しかしながら、場末の航空宇宙基地であるハードレイクでは維持運用にとんでもない手間がかかる旧時代の巨人機の飛行は難しく――なにせ専用の格納庫すらなく、スポットに青空駐機したまま整備が続けられている状態――おっかなびっくりのエンジンテスト、滑走《ハンドリング》テストの後、やっと慣熟訓練を兼ねた飛行テストが開始された。

「マッハ三・一、速度安定しました」

操縦パネルよりもはるかに多くの情報が得られるオペレーター席のマリオが告げた。

「機体各部温度、エンジン、安定しています。直線飛行なら、まあ、こんなもんでしょう。……振り回す度胸、あります？」

「そりゃまあ、やれってんならやってやるがね」

渋い声で、ガルベスは様々な情報が映し出されているコクピットまわりを見回した。

「そもそも、こいつは超音速飛行で細かい芸をするようには作られていないはずだ。ニュー・フロンティアがどの程度機体構造に手を入れたのか知らないが、最近の戦闘機みたいな超音速機動なんぞ試したら、一発で空中分解するぞ」

「別に、この状態でレイジーエイトだのバレルロールだのやってくれってわけじゃありません。まずは、三〇度バンクで旋回してみてください。できるだけ負担をかけないように気をつけて……」

「やってみよう」

肩をすくめて、ガルベスは操縦桿を握る手に力を込めた。ゆっくりと機体をバンクさせ、軽く操縦桿をひいて機体を旋回させる。

「……曲がらねえぞ！」

機体は確かにバンクしているのに、白い怪鳥は斜めに傾いたままその飛行径路を変えようとしない。

「機体が重い割に翼面積が小さいんで、超音速飛行中の機動は特に鈍くなります。ああ、やっと曲がり始めた」

飛行経路がやっと曲がりはじめた。床面へのわずかな加重を感じて、マリオは言った。

「操縦翼面をそのまま保持してください。うっかり急旋回しようとしたら、間違いなく空中分解するな」

「なんて飛行機だ」

操縦桿を押さえたまま、ガルベスは唸った。

「大型トラック《ビッグリグ》でデイトナのオーバルコースを飛ばしてるみたいだぜ」

マリオがくすっと笑った。

「エドワーズ基地のテストパイロットのレポートに同じ文句が出てきましたよ。グレイハウンドのハイウェイバスで、デイトナサーキットを飛ばしてるみたいだって」

「旋回加重、二・〇G、旋回半径……一五〇キロ⁉」

ディスプレイの数字を読み上げた美紀が、思わず叫んだ。

「勘弁してよ、ロサンゼルスの上空で旋回始めて、やっと向き変え終わったらラスベガスよ」

「超音速ダッシュしか考えなかったハスラーと違って、超音速で巡航しようとした機体だ。あの当時の航空力学とパワーでそんなことしようとすれば、積めるだけの燃料積んで突っ走るしかない。ここまでとんでもないとは思いもしなかったが……」

ディスプレイ上に表示される進行方位は、じりじりとしか動かない。

「もとより超音速巡航ってのは力まかせにぶっ飛んでいくしか能がない方法だが、ここまで何もできないと、空中発射なんて芸当は難しいぞ」

「昔のデータをあさってたら、こいつを母機にしてデルタ翼に改造した進化型のX‐15を空中発射するって計画があったよ。X‐15の目標速度はマッハ八以上だったらしいけど」

「こいつのどこに、あんなロケット機をぶら下げるつもりだったんだ？」

「吊り下げじゃなくて、デルタ翼の上に背負い式《ピギーバック・ライド》搭載させる予定だったって。切り離し直後に母機を急降下させて距離をとらないと、衝撃波の干渉とか、いろいろと考えたくないことになると思うんだけど」

「そんなに急激な機動ができるわけがねえだろ、このでかぶつが」

操縦桿を握るガルベスが仏頂面で言った。

「ジェニファーめ、本気でこいつを空中発射母機に仕立てるつもりか？」

「社長はそのつもりらしいけど」

美紀は、不安そうな面持ちで旧式と最新式の機器が混在する操縦室を見回した。

「あのひとは、使えるものはなんでも使う主義らしいから……」

「だから、後生大事に使いもしないがらくたを格納庫に抱え込むことになるんだ」

「使い易いように改造すれば、ロシア製の超音速爆撃機《ブラックジャック》をどこかから引っ張ってくるよりも安く上がるって、ミス・モレタニアの計算らしいけど」

「だから、飛ばない奴の机上の計算ってやつは」

突然、電話のようなベルが操縦室に響いた。隙をつかれたように、電子機器で埋められたヴァルキリーの操縦室がしーんとなる。

「ああ、カンパニーラジオだ」

なんでもなさそうに、マリオはコンソールの受話器に手を伸ばした。

「突然、電話のベルなんか鳴らすんじゃねえ。何の警報かと思ったじゃねえか」

「はい、こちらXボンバー」

離陸時に割り当てられたコードネームで、マリオは電話に出た。

「ああ、社長、今ちょうど話題になっていたところです。現在位置？　ロサンゼルス沖二〇〇キロ、高度二万メートルって辺りですが……は、予告状？　何の話です？」

思わず操縦席からバックレスト越しに振り向いた美紀に、マリオは首を絞めるようなジェスチャーをした。

「爆破予告？　うちに、ですか？」

「なに⁉」

ガルベスはとっさに眼前の計器盤をチェックした。今のところ、飛行状態に異常はない。

「社長宛のメールの中に？　ええ、いまのところ本機は無事に飛行中ですけど……」

音質の違うブザーが鳴り響いたのは、その時だった。受話器を手にしたまま、マリオは後ろを向いている美紀と顔を見合わせた。

「……何の警報だ？」

「知らない……聞いたことないわよ。そっちのエラー音かなにかじゃ……」

「振り回すぞ、摑まってろ！」

バンクを返したガルベスが鋭く叫んだ。

「後方警戒レーダーだ！　聞いたことないのか⁉」

美紀がその警報の意味に思い当たるまでに一瞬の間が開いた。

戦場を飛ぶ戦闘機や爆撃機は、敵の攻撃を察知するために敵のレーダー波に周波数を合わせた警報装置を積んでいる。標的はまずレーダーに捉《とら》えられ、そのデータによってミサイルあるいは迎撃機が飛んでくる。後方警戒レーダーは、機体後方からのレーダー波に反応するようにセットされた受信装置と警報でしかない。それが反応したということは、飛行中の機体を後方から照射している射撃管制レーダー波の存在を意味する。

「それってつまり……」

「どっかの馬鹿が、射撃用のレーダーでこのでかぶつを狙ってるってことだ！　美紀、管制塔を呼び出して非常事態を宣言しろ、マリオ、なにが来てるかわかるか⁉」

「了解。こちらXボンバー、オークランドコントロール応答願います、緊急事態発生！」

「わかりません、社長、緊急事態発生したんで現状待機願います。Xボンバーよりハードレイク管制塔《コントロール》、聞こえてるか⁉」

『こちらハードレイク管制塔、そちらの状態はモニター中だ』

管制塔で、ヴァルキリーの飛行状態をモニターしていたチャーリー・チャンが即座に反応した。

『こちらのディスプレイ上には、そちらを追撃しているような未確認飛行物体はまだないが……』

ハードレイクの航路管制用レーダーで、太平洋上を超音速飛行中のヴァルキリーは捉えられない。管制塔のチャンは、民間機に搭載が義務づけられている識別装置《トランスポンダー》を軌道上の衛星が捉えて表示する広域管制システムと、ヴァルキリー自身に搭載されているデータ送信装置で飛行状態と周辺空域を監視していた。

「ばかやろー！　ホーミングミサイルがのんびりトランスポンダー流して飛んでるか。近所にミサイル運用できるようなプラットホームがいるかどうかチェックしろ！」

『んなこと言われたって、こっちゃあ場末の民間空港ですぜ。国防総省《ペンタゴン》や北米防空司令部《NORAD》じゃあるまいし、いったいどうやって……』

始まったときと同様に、唐突に警報が鳴りやんだ。不思議な静寂に包まれた操縦室で、三人の乗組員は顔を見合わせた。

「停まった……」

「ショートかエラーだったのかしら？」

管区のコントロールを呼んでいた美紀がつぶやいた。

「おそらく、敵のレーダー照射が一時途切れただけだ」

ガルベスは操縦桿から手をはなさない。

「今度照らされたら、その次には実弾《タマ》が飛んでくるぞ！」

『こちらオークランドコントロール、そちらの緊急事態発生《メイデー》を確認した』

管制官の応答があった。

『詳しい事態を報告せよ』

「こちらXボンバー、ええと、なんて報告すりゃいいんですか？」

「あったことをそのまま報告しろ！」

「ええと、射撃管制用レーダーに狙われてるんです」

『なんだって⁉　コードネームXボンバーは民間機じゃなかったのか⁉』

「民間機なのに狙われてるらしいんです！　さっきからこの機体の後方警戒レーダーが鳴りっぱなしで……」

『民間機がなんで後方警戒レーダーなんか装備してる！　狙われるような心当たりでもあるのか⁉』

「知りません。とにかく民間機が狙われてるのは事実なんです。空軍に緊急出動《スクランブル》を要請してください！」

『了解した。……高度二万五〇〇〇をマッハ二・五で進行中⁉』

こちらの現在位置をディスプレイ上で確認したらしい管制官が声を上げた。

『いったいなにで飛んでるんだ、そんな機体で撃墜されるなんて心配してるのか⁉』

「こちらの機械の誤作動でなければ、狙われてるのは事実なんです！　そちらのディスプレイ上にこの機体を狙える位置にいる航空機か、でなければ艦船かなにか、確認できませんか？」

『こちらのディスプレイに表示されているのは民間機だけだ。軍用のステルス機や、まして洋上の船舶の位置まではわからない。……誤作動じゃないのか？　敵機でも確認してるのか？』

「んなこと言われたって、こんな機体に後方視界なんかないも同然だし、哨戒機《しょうかい》みたいに全方位レーダーなんか積んでないし……」

飛行機のレーダーは、おおむね前方にしか有効範囲が存在しない。美紀は手持ちの知識と経験を総動員して、なにか使える情報がないかどうか身のまわりの計器パネルを見回した。

一瞬考え込んだマリオは受話器に声を上げた。

「社長！　まだそこにいますか⁉」

『こんな状態で動けるわけないでしょ！　大丈夫なの⁉』

「そこはうちのオフィスですね、今誰と誰がいます？」

『え？　今いるのはあたしと、それからミス・モレタニアはどこ行ったんだろ……』

「ヴィクターかウォーレンか、デュークでも、そこらへんでひっくり返ってませんか？」

『見当たらないわ。ハンガーで作業してるんじゃなければ、アメリアズでのんだくれてるのかしら』

「それじゃ社長、ぼくのデスクに行ってください。メインスイッチは入れっぱなしですから。あ、そこらへんから椅子持ってってもらったほうがいいかな？」

『いいけど、なにやらせる気？　ちょっと待って、ワイヤレスのヘッドセットに切り換えるから』

「ぼくのコンピュータからなら、合衆国空軍の自動防空《バッヂ》システムに入り込めます。あそこなら、西海岸の空の状況をリアルタイムで監視してるはずですから……」

『ちょっと待ってよ！　あたしにあなたの電子の要塞オペレートさせるつもり⁉』

カンパニーラジオからの声は悲鳴に近かった。マリオのデスクのまわりに組まれたコンピュータシステムは永年の運用と改造のおかげで複雑怪奇に成長しており、ジェニファーやミス・モレタニアは近寄りもしなくなっている。

「社長しかいないのなら、社長にやってもらうしかありません。大丈夫、感電したり爆発したりしないようにしてありますから」

『ちょっと待って！　もうすぐスウちゃんがこっちに来るはずだから。あの子ならまだあなたのコンピュータ触り慣れてるでしょ』

ぎええええとマリオが悲鳴をあげた。

「やめてください！」

「すまんが、嬢ちゃんの到着を待っとる時間はない」

ガルベスがカンパニーラジオに割り込んだ。

「他に誰もいないのなら、社長がやってくれ。どこから狙っとるのかわからない誰かは、すでに一度我々にレーダーを照射している。次に警報が鳴ったら、たぶん飛んでくるのは対空ミサイルだ」

『ああっもう！　あなたのデスクに椅子持ってきたわ、なにをどうすればいいの？』

「正面のキーボードを叩きやすい場所に椅子を置いて座ってください」

目を閉じて、マリオは自分の思いどおりに組み上げたはずのシステムの配置を思い浮かべた。デスクトラックの上に積み上げられた常用のディスプレイは各型取りそろえて四種類七つ、そのうちふたつは常時ハードレイク周辺の航空管制状況とスペース・プランニング関連の宇宙ミッションの状態を表示しているはずである。

最近メインで使っているのは事故機から払い下げられたコクピット用の高精度液晶ディスプレイ、表示面積が大きいのと目に優しいところが気に入っている。しかし、多重に表示を重ねて複数の作業を同時並行させるような真似が、キーボードを打つのに人差し指しか使わない社長にできるとは思えない。

『なによ、あなたこんなデスクで仕事してるの？　大昔の軍用機や初期の宇宙船のコクピットじゃないのよ⁉』

「ディスプレイを使ってないグラスコクピット以前の飛行機の操縦パネルってのは、そんなもんじゃありません。ええと、向かって右側のラックにVRゴーグルがかかってると思うんですが、つないでアルファーバーセレクターのボタン、4とC、Dを押してかけてください」

『VRゴーグルって、このごっつい奴ね。4、C、D——なんか映ってるみたい、いまからセットするわ』

「まだかけなくていいです。そこらへん、たぶん正面のタッチパネルの上に、コードにつながってるパワーグローブがあるはずですから、そっちのケーブルがつながってるコンソールのスイッチも入れて、それからそのグローブを両手にはめて。VRゴーグルをかけるのはそれからです」

マリオは自分の右手を目の前に持ってきた。VRコントロール用のパワーグローブは自分に合わせたサイズだから、あまり手の大きさが違うとうまく操作できない。

『この、いっぱいコードがつながったロボットみたいな奴？　あなたいったいどうやって仕事してるのよ』

「準備できましたか？　パワーグローブ、ぴったり合ってます？」

『ちょっと待って。大丈夫だと思う、ん、大丈夫みたい。今、眼鏡かけるから……わあ、なによこれ!?』

両眼の視角内に立体映像を映し出すヴァーチャルゴーグルは、本人にこそ非現実的な映像情報を提供するが、その状態をはたから見ていると間抜けにしか見えない。カンパニーラジオのヘッドセットとゴーグルをつけた社長の風貌を想像してみて、マリオはくすっと笑った。

「今社長が見ているのは、ぼくのコンピュータの中を視覚情報化したものです。どれが何だなんて説明するだけ時間がかかりますから、こちらの指示にしたがってください」

昔ながらのコンピュータイメージ風電脳空間も設定されているが、マリオはニューヨーク市立図書館の地下室のような書庫をイメージに選択している。ジェニファーは、ゴーグルの中に古ぼけたのやら新しいのやら大きいのやら小さいのやら、革装からペーパーバックまで様々な本が天井に届くような高い本棚に並べられ、その本棚がどこまでも迷路のように続いている風景を見ているはずだった。

「背表紙の文字が読めますか？」

『読めるわ。ヴァルキリーのフライトマニュアルにテストレポートの三巻目、こっちは軌道上のデブリの分布データでしょ』

目の前の本棚には、最近触ったファイルが本棚にまとめられているはずである。昔の資料、将来計画などが保管されている本棚ほど離れている。他の部屋には別の資料や文献が、あるものは分類整理され、あるものは未整理のまま保管されている。

「見て欲しいファイルはその本棚にはありません。足下を見てください」

『ん？』

ジェニファーは、ヴァーチャルゴーグルをつけた頭を落としたはずである。ゴーグルと視線の位置変化から、ジェニファーの視界に投影される映像が変化する。

「地下室に降りる階段が見えるはずですが」

『見えるけど、マリオ、あなたこういうの趣味なの？』

中世の城のような図書室と、地下に降りていく石造りの階段を見回しているジェニファーの様子を思い浮かべて、マリオは苦笑いした。

「わかりやすくていいでしょう。地下室には、まともな手段じゃ入れない部屋があります。合衆国空軍の自動防空システム《バッヂ》は二階下の奥のほうになりますけど」

『この地下室に降りてけっていうの？　罠とか仕掛けてあるんじゃないでしょうねえ』

「そりゃもちろん、全米で有数の固いダンジョンですから。落とし穴と槍衾《やりぶすま》を避けるために二つ目と四つ目の階段は抜かして、壁沿いに降りていくように」

『あんた車椅子でしょうが！　こんななかでインディ・ジョーンズごっこさせるつもりなの⁉』

「時間がない」

高度計と燃料計に目を走らせて、ガルベスが告げた。

「わかりました。一歩下がったところにゴンドラがあります。手すりの獅子の頭を開くとテンキーボードがありますから、〇、二、＊と入力してください」

『オフィスの中にこんな仕事場作ってたなんて、きゃああ！』

入力と同時に、ゴンドラは落とし穴に落ちたような勢いで降下するはずである。石造りの縦坑の中を降下したゴンドラは、二階層下の地下室で急停止する。

「ええと、暗いと思うんですけど。まわり、見えますか？」

『ほんとに暗いじゃないの。ここになにがあるっていうの？』

「松明《たいまつ》が点火されるはずです。社長が使うって知ってたら、シャンデリアでも下げときゃよかったな」

「どうせ、雰囲気優先の凝ったイメージでも構築してるんだろう。いいから急いで空域の周辺情報を引っ張り出してくれ」

「国防総省《ペンタゴン》と北米防空司令部《NORAD》の直通回線に社長を放り込もうってんですよ。あの階層に降りれば、全自動でぼくのシステムが介入開始してるはずなんだけど、今日のパスワードなんだったっけなあ」

『見えてきたわ、まるいホールのまわりになんか禍々《まがまが》しい地獄の門みたいなのが並んでるけど』

「パラボラアンテナ抱えた女神とロケット抱えた天使が両側に立っているドアが、空軍の防空システムにつながるドアです」

『今その前に立ってるわ。ドアの上にいる死神がなんかぶつぶつ言ってるけど』

「パスワードを問い合わせてるんです。しまったなあ、出かける前に今日のパスワード確認しとけばよかった」

『なんて答えればいいの？　適当にもっともらしいこと言えばいいのかしら？』

「言う通り、繰り返してください。世はすべて事もなし」

『世はすべて事もなし……わあ、死神が大鎌振り上げたわよ！』

「ち、間違えたか。大丈夫、あと二回まで入力できますから」

『三回間違えたらどうなるの！』

「そりゃあ、死神の鎌が振りおろされて、その階層ごと崩れ墜《お》ちますから……やだな、そしたらまた再構築しなきゃなんねえ」

『言っとくけど、あなたのダンジョンと心中する気はありませんからね。次の呪文はなに？』

「昨日の呪文が使えないとなると、次にありそうなのは、あなたの魂に祝福あれ」

カンパニーラジオのむこうから、悲鳴が聞こえた。

『死神がさらに鎌振りかぶった！　もう一度間違えたら振りおろすんでしょ、どうするのよ⁉』

「どうしましょう。ここから検索できないし、上に戻って調べてもらうのは不可能でしょうし」

『今日のパスワードは、光と影ひとつとなりて甦らん』

突然、ハードレイク管制塔から聞こえてきた声に、マリオは絞め殺されたようにうめいた。

『今日、出る前に確認してきたから間違いないわ』

「てめえ！　防空空軍のパスワード持ってくるなんて、カルテックでなにしてやがる！」

『ほんのたしなみよ。急ぐんじゃないの？』

『光と影ひとつとなりて甦らん……おお、ドアが開いた。中入れるわよ』

スウと社長の声が重なった。モニター席のマリオは頭を抱えた。

「開けちまうし。いいや、中入ったら本棚見て、並んでる本の背表紙が見えますか？」

『なんか読みにくい飾り文字の本がいっぱい。それに、やけに本のサイズが大きいように見えるんだけど』

「それだけデータ量が大きいんです。太平洋側西海岸のリアルタイムモニターのファイルが左側の本棚の真ん中辺りにあると思うんですけど」

『ここに並んでるのが、全部空軍が処理してるデータ量なの？　ずいぶんなハードワークね。ええと、これでいいのかしら』

「それらしい本があったら、開いてみてください。今はめてるグローブで取り出せるはずですが」

『出してみる……あの、大きいだけじゃなくて、ずいぶん手応えが重いんだけど』

「そりゃまあ、半端じゃないデータ量ですから。ページを開いて、どこかのページに我々がいるはずなんですけど」

ジェニファーが地下の図書室で開いている大きな本には、北米大陸西海岸上空から太平洋にかけての防空空軍が監視している空域の全情報が刻々と変化しながら表示されているはずだった。全空域の情報を一度に拡げるには格納庫並みのスペースが必要になるから、各空域は分割して見開きに表示される。

『ええと、なに、ハワイ上空？　そっちの現在位置はどこらへんなの、今？』

「ロサンゼルス沖です。正確な位置は西経一二三度、北緯三四度、現在高度三万をマッハ二で上昇中」

高度二万をマッハ三で巡航していたのだが、出力を維持したまま上昇したので速度は多少落ちている。どこからどうやってレーダーを照射しているのかわからないが、一秒七〇〇メートルの高速度で疾走しているのには変わりない。

ジェニファーは、グローブをはめた手で分厚いページを次々にめくっていった。衛星軌道の偵察衛星、哨戒機のレーダー情報、民間航空機のトランスポンダーの航空管制システム、各レーダーサイトからの情報などを総合した映像が、巨大な地図帳のような見開きに表示されていく。

耳障りな警報が、再び操縦室に響きはじめた。高度はすでに三万メートル、地上の一〇パーセント以下の薄い空気のなかでは急激な機動はできない。

「急いでくれ。どこから飛んでくるのかわからないと、避けようもないぞ」

「とにかく速度を上げて振り切れば……」

「旧式なエンジンを六発も装備してやっとマッハ三出そうって機体だ、エンジン換装したハスラーみたいに出力に余裕があるわけじゃない。フルパワーのままでも、じわじわとしか速度は上がらん」

『見つけた！』

カンパニーラジオのむこうから、社長の嬉しそうな声が聞こえてきた。

『ちっちゃなヴァルキリーが海の上飛んでるわ。まわりにほとんど雲ないでしょ』

「だと思いますけど」

マリオは、バイザーが上げられたフロントウィンドウに目をやった。超音速巡航中のヴァルキリーの視界はないに等しい。

『斜め下、ってもわからないか。ええと、上が北で、そっちの進行方向と逆向きに飛んでる旅客機が一機、これは高度差が大きいから大丈夫だろうけど。これでなにを見ればいいの？』

「今、我々の機体は後ろから射撃管制用のレーダーに照射されてます。ヴァルキリーの後方、そんなに距離が離れていない場所を飛んでいる機体がありませんか？」

『ええと、なにか尖った赤い矢印みたいなものが、いることはいるけど……』

「そいつが未確認機です！」

マリオは、未確認機を示すその表示を何度か見たことがあった。矢印の向きが進行方向を示し、その角度が鋭角であるほど飛行速度が高速になる。

『ええと、あなたたちの後方……少しずつだけど、距離詰めてるわよ』

「……美紀、今の速度は？」

「マッハ二・二五、加速中だけど……」

「後ろに一機、未確認機がいる。しかも、そいつは距離を詰めてきているらしい」

「この速度で追い上げてきているだと⁉　速度差は？」

トランスポンダーからの情報をもとに表示する民間の航空管制図と違って、何基ものレーダーサイトや艦載レーダー、衛星からの情報で構成される空軍の防空情報は精度が高い。ジェニファーは、ページ上でじわじわと動いている赤い矢印と同時に動いている何行かのデータを読み取った。

『ええと、三行目？　一八〇〇って出てるけど、これってノット数？』

「こっちの速度は今ノットだと一五〇〇ってところだから……」

一ノットは一時間に一海里《ノーティカルマイル》すなわち一・八五二キロ進む速度である。

「マッハ三超してるじゃない！」

操縦席で美紀は声を上げた。瞬間的に超音速飛行できる民間機は珍しくもないが、その速度で巡航できる機体はほんの一握り、空力加熱による機体の熱上昇が問題になるマッハ三前後の速度を出せる機体はさらに数が少ない。

「いったい何が追いかけてきてるの⁉」

「こちらを攻撃する意図を持った未確認機」

マリオがあっさりと言った。

「空軍が緊急出動したはずだけど、騎兵隊の到着には時間がかかる。振り切ろうにも、むこうのほうがスピードが高いときちゃ逃げきれない。どうします？」

「他人事《ひとごと》みたいに言うな！　振り切れないのなら残る手はひとつだ！」

ガルベスは操縦桿を押し込んだ。それまでじわじわと速度を上げていたヴァルキリーがゆっくりと機首下げの姿勢をとって降下を開始する。

「全開降下《パワーダイブ》すか？　そりゃまあ、速度は稼げるだろうけど、機体がもつかなあ」

「敵機が攻撃してくるなら、海面ぎりぎりで相手のレーダー波を反射させるしかない」

機体が機首下げの姿勢をとっても、実際に降下が開始されるまでにかなりの時間差が生じる。

「こっちの衝撃波《ソニックブーム》で波をはね上げてやれば、いい攪乱幕《チャフ》になる」

「この図体で超低空超音速飛行ですか⁉」

美紀が悲鳴を上げた。マリオは難しい顔で自分の目の前のパネルをチェックした。

「超音速飛行に最低高度の規定なんかあったかなあ。緊急避難てことで、航空局が見逃してくれるかどうか……社長、こっちは現在位置からまっすぐアメリカ大陸に向かいます。そっちのページには洋上を航行中の船舶も表示されてるはずですけど、確認できますか？」

『見えると思うけど、後ろの矢印との差がつまってきてるわよ』

「そりゃまあ、相手のほうが優速ですから。こちらは海面ぎりぎりの低高度でぶっ飛ばして相手のレーダー波を撹乱します。どこまで速度を上げられるかどうかわかりませんが、進路上に軍艦ならともかく民間船舶でも入ると、こっちの衝撃波で撃沈しちゃうことになります」

『進路上の船よけながら、超音速飛行するつもり⁉』

「うちの機長はそのつもりのようです」

「オークランドの管制センターなんつってごまかすんです？」

「トランスポンダーでこっちがどこで何をしているのかは、むこうにだだ洩れだ。ジェニファー、早いとこ進路上を漂ってる桶《おけ》の場所と数を教えてくれ。しぶきかけたくらいなら始末書で済む」

『現在位置から直線コースでチャンネル諸島を飛び越えるとして、問題になりそうなのは大型のコンテナ船と、それからタンカーが何隻か。あと豪華客船らしいのがいるわよ。素直に最短距離飛ぶよりも、針路を左に、一〇度くらいかしら、ベイカーズフィールドの北側かすめるような感じで飛んだほうが障害物が少ないと思うけど』

「そっちに飛んだとして、何が問題になる？」

『第七艦隊の原子力空母が一隻、陸地から五〇キロくらいのところにいるの。いくらヴァルキリーでもかすめたくらいじゃ空母は沈められないだろうけど、上に乗ってる飛行機なぎ払うのなら簡単じゃない？』

「正確な位置と進行方向を教えろ！　コントロール経由で向こうにも警報を出せ！」

「高度、外気温ともに上昇。……海面高度での最大速度制限なんてマニュアルに載ってましたっけ？」

　美紀はひざの上で分厚いマニュアルをめくった。成層圏では外気温も気圧も低くなるから超音速飛行にかかる負担も少なくなるが、高度が下がるにしたがって空気抵抗も気温も上昇する。美紀が乗っている初期型のホーネットは、海面高度での最高速度はマッハ一・二五に制限されている。

「機体温度、機首で三五〇度を突破。さらに上昇中……何度まで大丈夫なんです？」

　高度が下がるにつれて外気温、大気圧も上昇するから、速度が同じでも空力加熱は高くなる。

「三〇〇度程度までは許容範囲のはずだが、それ以上はどうなるか……マニュアルにはなんて書いてある？」

「今探してます。わあ、規定高度での標準加熱しか載ってない！　許容範囲は……前後のページには見当たりません」

「空気取り入れ口《インレット》の吸入温度が危険区域に入ってます」

　マリオが告げた。

「このまま減速しないと、空中分解するより先にエンジンが火を噴くかもしれませんが」

「ジェニファー、後ろの奴はどうしてる？」

『高度を合わせて降下してるみたい。さっきより速度の差が少なくなってるけど』

「いい気になって、先にオーバーヒートしてくれるようなお人好しじゃねえか」

　スロットルレバーを戻しながらガルベスは舌打ちした。高密度大気に入ったヴァルキリーの飛行速度がじわじわと落ちはじめる。

「マリオ、エンジンは⁉」

「何とか保ってますけど」

『赤い矢印が動いた！　ちっちゃくて細いのがふたつ、そっちに飛び出したわよ！』

「さすが最新式の防空システム。発射した対空ミサイルまで追跡可能ですか」

　こちらからの通報により走査空域が絞り込まれたのと、監視衛星からの情報を重ねているためだろう。あるいは、有効半径を飛行中の哨戒機でもいるのかもしれない。マリオは放たれた小さな対空ミサイルすら追跡可能な監視網の精度に舌を巻いた。

　同時に、再び操縦室内に鳴り響いていた警報が鳴りやんだ。

「全エンジン停止！　燃料系カットしろ、無動力降下に移る」

　ガルベスが、センターコンソールに並ぶ六本のスロットルレバーを一気に戻した。指示を受けた美紀が六基の大型エンジンにジェット《JP6》燃料を供給する燃料系統を切断する。七〇トン近い推力を失ったヴァルキリーの速度が急激に落ちはじめた。

『エンジン停止ですって⁉ 追いかけてきてるのミサイルじゃないの、何考えてんのよ！』

「ミサイル発射と同時にレーダーが切れたってことは、安物の熱感知式ホーミングミサイルだ。こっちの熱源さえ切ってやれば命中の確率はどんと下がる！」

『ページの上で見たって石みたいに墜ちてくのがわかるのよ、エンジンの再始動失敗したらどうする気！』

「こっちを追っかけてきてる機体の動きはどうなってます？ そのちっちゃくて細い奴」

『追い上げてきてるわよ。そっちが減速してる分、どんどん詰められてる！』

「見失ってくれてるならいいんだが……」

「高度急速低下！」

『失探《ロスト》してるようには見えないわね』

エンジンの轟音が消えて超音速の風の音しか聞こえなくなった操縦室に、ジェニファーの声が妙に大きく響いた。

『あと一〇秒くらいでぶつかるわ』

美紀は自分の腕時計に目を落とした。旧式な機械式腕時計の秒針が、ぎっしりと細かい数字と目盛りが並ぶ文字盤の上を動いていく。

「大丈夫、レーダーなしでぶっ飛んでくるミサイルなんぞ、ロケット花火と一緒だ。この速度でまぐれ当たりなんぞするもんかい」

「えーと、緊急脱出手順はいったいどうなって……」

「今頃になってマニュアル探すな！」

『あと三秒で命中。二、一、ゼロ』

ヴァルキリーの飛行状態は変化しなかった。操縦室に、ジェニファーの嬉しそうな声が聞こえた。

『やった、追い越した！　ミサイルふたつ、ヴァルキリーから離れていくわよ！』

「近接信管なんぞ備えた高級品でなくて助かったぜ。エンジン再始動！」

飛行姿勢を保ったまま超音速で降下しているから、エンジンのタービンは通過する空気によって回転を続けている。エンジン回転数が始動に充分なのを確認して、美紀はエンジンの燃料系を復活させた。

「燃料、流入確認、第一エンジンコンタクト《点火》！」

停止していた時間が短いせいもあって、第一エンジンは簡単に運転を再開した。

計器上で第一エンジンが運転を再開したのを確認して、美紀は残りのエンジンを次々に点火した。

「三番、五番、始動成功！　二番反応なし、四番六番始動成功！」

「五基あれば楽に飛べる！」

二番目をのぞく五本のスロットルレバーを最大出力に上げて、ガルベスは降下角を深めにとった。ジェットエンジンとしては骨董品《こっとうひん》の部類に入るJ93は、デジタル制御の最新型に比べて吹け上がりがはるかに遅い。飛行に充分な推力を発生するのに一〇秒以上の時間がかかる。

「高度五〇〇〇！　あと四〇秒で海面に衝突します！」

「見えとるわ！」

超音速飛行態勢のまま、視界の狭くなったフロントウィンドウから青い海面がきらめいている。

「マリオ、高度計と速度計を読み上げろ！　海面ぎりぎりで水平飛行に移る。美紀、操縦桿を握れ！」

「了解！」

「高度四七〇〇、四四〇〇、四二〇〇！」

操縦室に、メインエンジンの推力上昇を示すかすかな振動が伝わってきた。降下するにつれて上昇する大気圧と気温のなかで、ヴァルキリーが自身の推力で飛行を再開する。

「マッハ一・二、対気速度は上昇中、降下率も読み上げます？」

「いらん、三五〇〇で引き起こしかけるぞ！」

「了解、両翼展開します！」

それまで最大角度に折り曲げられていた巨大なデルタの翼端が、じわじわと水平に戻りはじめる。

「三七〇〇、六〇〇、五〇〇！」

「機首上げ！」

海面に向かって急降下していた超音速爆撃機が、ゆっくりとその鎌首をもたげる。二〇〇トン近い重量の白い怪鳥が、真っ白な水蒸気《ベイパートレイル》をその背から放射しながら飛行姿勢を変えていくが、それまでと同じように高度が失われていく。

「機首を上げ過ぎるな！」

機首上げ姿勢を保ったまま、ガルベスが叫ぶ。

「この高度でコントロールを失ったら、ケツから海に突っ込むぞ！」

「高度三〇〇〇、二八〇〇、吸入温度上昇」

空気抵抗を機体の下面で受ける形になったため、ヴァルキリーの機首が衝撃波に揺さぶられる。操縦室に、またも警報が鳴り出した。

「下方照射《ルックダウン》できる機体だと思うか？」

上空から下方に向けてレーダーを照射すると、反射雑音が多いため、射撃管制のためには雑音を取り除く特別な装備が必要になる。そうした攻撃を前提にしている軍用機ならともかく、民間機には必要のないシステムである。

「こっちの機体の性能を知って、なおかつ仕掛けてくる相手です。この状態でレーダーを当てくるってことは、一通りの芸はできると思っといたほうが間違いないかと」

操縦桿を握り締めたまま、ガルベスは舌打ちした。

「後ろの敵の存在は三〇秒ほど忘れちまえ！　水平飛行に戻ることだけを考えろ！」

「高度二〇〇〇、海面まであと二〇秒」

それをすれば破滅を招くことを理解していながら、美紀は操縦桿を力まかせに引きたい誘惑にかられた。今よりも機首を上げすぎれば、超音速で失速した重量級の機体が海面に叩きつけられることになる。

「速度一・四、高度一五〇〇！　エンジン推力最大、二番再始動失敗！」

「五基動いていれば充分だ、アフターバーナー点火！」

高速、高温の噴射ガスの中に、生のままのジェット燃料が吹き込まれ、爆発して新たな推力をもたらす。

「高度一二〇〇、一〇〇〇、点火確認、下降率変化なし……いや、鈍った！」

「姿勢を変えるな！　高度一〇〇で水平飛行に移行する！」

「高度五〇〇、三〇〇、二〇〇、潜行準備！」

マリオがやけくそのように叫ぶ。自身が発生する衝撃波を海面に叩きつけたヴァルキリーが、まるで水上爆発を起こしたような水柱をたてた。

「高度二〇、速度マッハ一・五、しまったな……」

ほとんど高度ゼロでの飛行のために用をなさなくなった機首レーダーの映像を見て、マリオはつぶやいた。

「今日の西海岸の波浪警報調べとくんだった」

海面を這《は》うような超低空で、白い怪鳥が飛んでいく。超音速による衝撃波は圧縮揚力ごとその大部分が海面に叩きつけられ、ヴァルキリーの後方に軌跡どおりの高さ三〇〇メートル以上に達する水の壁を沸き立たせる。

高度警報、機体各部の異常加熱、エンジンのオーバーヒートを告げる警告灯《ワーニングランプ》などが満艦《まんかん》飾《しょく》になった操縦室の中で、後方警戒警報の耳障りなブザーだけが鳴りを潜めた。

「ジェニファー、後ろの機体はどうなってる？」

『飛んでるわよ。あなたたちこそ何やったの。今あなたたち、ページの上にいないわよ』

「衝撃波で海水を巻き上げて飛んでいる。そっちのページ上でこれがどうやって表示されてるのかわからないが……」

『ああ、なにか白い飛行機雲みたいのが画面上に出てきた。航路情報ってより、押し寄せる津波って感じだけど、これがあなたたちなの？』

「現在高度五〇、速度マッハ一・三」

マリオは、操縦席に上げられたバイザーから見える前の景色を見ようとした。でたらめな速度で流れていく青しか見えない。

「トランスポンダーはこっちの熱雑音で飛ばされちゃってるかな。近所に、特に進行方向に船舶がいないかどうか注意してください。高度が低いんでこっちのレーダーは役に立ちませんし、この速度で突っかけたら、軍艦でもない限りは簡単に撃沈しちまいます」

『どの程度の情報が省略されてるのかわからないけど、少なくとも五〇キロ以内に民間船舶はいないわ』

現在の秒速は四〇〇メートル以上、五〇キロを駆け抜けるのに二分とかからない。

「もっと先の情報が欲しい！」

ガルベスは叫んだ。

「この図体だ、曲げようと思ってから曲がりはじめるまでに一〇キロや二〇キロは突っ走るぞ！」

『チェイサーは高度五〇〇〇、マッハ一・五で距離を詰めてきてるわ。なにものなの、一体？』

「それがわかりゃ苦労はせん！　進路上にいるって空母の正確な位置は！」

『ちょっと待ってよ、隣のページなの。ええと……目測で一〇〇キロ先、向こうも動いてるから航路が重なってる！』

「空母航空団《CVW》が反応しました！」

管制塔との回線に出ていた美紀が言った。

「上空警戒の戦闘機がこっちに向かってるから、こちらは通常の飛行態勢に戻るようにと」

「ジェニファー、空母からこっちに向かってる騎兵隊は確認できるか？」

『そっちに向かって一直線にダッシュ駆けてる機体が二機いるわ！』

「後方の敵機は！」

『さらに降下中。もうすぐ領空に入ることくらいわかってるでしょうに……』

「上昇しないんですか!?」

超低空での超音速飛行という異常事態に、美紀の声は悲鳴に近い。この速度では、ほんのわずか操縦桿を動かしただけでも、一瞬で海面に突っ込んでしまう。

「まだだ。このままなら衝撃波で海水を吹き上げてるから、後ろの奴は攻撃できない。安全高度への上昇を開始したら、俺ならその一瞬を狙って攻撃するね」

「機体各部温度上昇。吸気温、排気温、さらに上昇。危険域に入ります！」

ヴァルキリーに限らず、超音速機は、極低温、極低圧の超高空で超音速飛行を行なうように作られている。海面高度では、速度が低くても温度と抵抗が高いから機体にかかる負担は高空よりもはるかに大きい。

「ニュー・フロンティアの連中、こんな領域でのテストはしたのかな」

警告灯やら警告音やらで賑《にぎ》やかな操縦室のなかで、ガルベスがつぶやいた。

「してるわけありません！　有史以来、超音速超低空侵攻なんてのは一度も実用化されてません！」

美紀は、無気味な鳴動を続ける操縦桿を押さえつけるだけで精いっぱいである。

「機体各部にいろいろと妙な力がかかってるだろうな」

多機能《マルチファンクシヨン》ディスプレイを切り換えながら、マリオが冷静につぶやいた。

「無事に帰れれば解析できるだろうけど、美紀、タンクから燃料もれとか起きてない？」

操縦士側の操縦桿には、機体の重心変化を示すディスプレイが追加装備されている。

「わかるわけないでしょ、こんな状況で。エンジンから異常出火でも起きてるの⁉」

「いや……五基だけで全開にしてる分、過熱気味だけど、今のところはまともに動いてる」

「オークランドから警告。通常の飛行高度まで上昇して減速するようにって」

「非常事態だ、自機の安全のために従えないと返答しろ」

「軍の迎撃機が現場に急行中、安全は確保されると言ってますけど」

「管制センターのなかでディスプレイに囲まれてる奴のいうことが信用できるか！　追撃されてるのはこっちなんだ」

『空母から出た二機がもうすぐそっちの上空に達するけど』

「追撃機の動きは？」

『変化なし……いえ、動いた！　下降しながら反転してるみたい』

「あきらめたかかな？」

「まだだ！　こっちの撃墜が目的なら、反転前にありったけのミサイル放り出すくらいのことはするぞ！」

射ちっ放し型《ファイア・アンド・フォゲット》のミサイルなら、ほうっておいてもミサイルは標的に向かって飛んでいく。そして、発射直後のミサイルは空軍の監視網でも捉えられない。

『ゆっくりだけど、進行方向が変わってるわ。領空ぎりぎりをかすめて北上しようとしてるみたいだけど』

相手も超音速だから、その進行方向はゆっくりとしか変化しない。

「もう減速しても……」

機体構造やらエンジン過熱やら、様々な警報が点滅している計器パネルを見回しながら美紀が言った。後方警戒レーダーはもう警告音を発していないし、機体の状況は減速しない限り改善しない。

「敵機が逃げ際にミサイルを発射していないのが確認されてからだ。今の速度から上昇したら、単純な熱感知式追尾ミサイルでも喜んでケツに突っ込んでくるぞ」

『ミサイル三、いえ四基そっちに飛んでる！』

「やっぱり仕掛けてやがったか」

ガルベスは電波高度計に目を走らせた。海面高度は七〇メートル。通常なら滑走路に最終進入するような高度のまま超音速飛行を続行しているため、圧縮された衝撃波の大部分は海面を叩いてヴァルキリーの後方に雄大な水の山脈を築き上げている。次々に崩壊していくが、瞬間的な山頂の高度は二〇〇メートルを超える水の壁となって太平洋を横切っていた。

「ジェニファー、ミサイルはあと何秒でこっちに着く?」

『この速度差だと、目測で一五秒くらいかしら』

ページ上のヴァルキリーもミサイルも動いているから、正確な時間差を目測で読み取ることは難しい。

「今のままならこっちの航跡に突っ込んでくれるはずだが……」

上空から下方に向けて発射されたミサイルは、正確なロックオンをされていても命中率が落ちる。目標物以外のノイズにミサイルのセンサーが戸惑わされるためだが、今のヴァルキリーには後方に盛大に吹き上げている水の壁が撹乱幕の役目をはたしてくれるはずだった。

『あと一〇秒……ごめん、もう少し早い、七、五、三、二、一、命中……した?』

「したじゃない! こっちの後方警戒の手段はそっちのモニターしかないんだぞ!」

『声が聞こえてるってことは無事なのね。ページの上からミサイルはいなくなったわ。そっちを追いかけていた国籍不明機《アンノウン》も全然別の方向に飛びはじめてる』

「よおし、通常飛行高度まで上昇する。ジェニファー、逃げてく機体と海軍機の動きに注意してくれ」

『それはいいんだけど』

ジェニファーが戸惑ったように言った。

『さっきからなんか、まわりが暗くなってきてるような気がするんだけど、気のせいかしら?』

「しまったあ」

とっさにディスプレイ上の現在時刻表示を見たマリオが間の抜けた声を上げた。

「軍のネットのなかでのんびりしすぎて、チェッカーに見つかったんだ。社長、急いで逃げてください!」

『逃げろって、こんな中でどうすればいいのよ』

ジェニファーはさっきまで細かいところまで見えていたはずの地下資料室を見回した。

『このまま電源切っちゃっていいの?』

「だめです! そんなことしたら、こっちの足跡全部残していっちゃう。とにかく今拡げてるファイルをもとあった場所に戻して、それから……」

『うわ、いきなり地図帳が重くなった! なんなのよ、閉じようとしても、ちっとも動かせないわよ!』

「それじゃその地図帳から手を離して、とにかくその場から離れてください! しまったなあ、このまんまじゃ侵入径路からまるわかりだ。何とか証拠消してずらからないと……」

「社長がそんなことできるの?」

ジェニファーはコンピュータに関しては素人同然である。マリオは美紀に肩をすくめてみせた。

「やってもらわないと。軍のネットに無断侵入って、ばれたら重犯罪じゃなかったっけ」

『重犯罪ですってぇ⁉』

「この場合、実行犯は社長ってことになるのかなあ」

『なんとかしなさい！　このまま逃げ出すってのができないんだったら、そこらへんに落書きして帰るわよ！』

「だから、そうじゃなくて」

『なにやってんのよ、このぶきっちょ！』

いきなり横から割り込んできたソプラノに、マリオは思わず受話器を耳から離した。

「スウてめえ！　今度はどこから人の仕事の邪魔する気だ！」

『もう、あなたのデスクの前にいるわよ、社長、今脱出経路を作りますからそのまま待っててください』

「ちょ、ちょっと待てスウ。人の仕事場でなにやる気だ⁉」

『あなたが超音速でうつつ抜かして役に立たないから、いたずら坊主の後始末してあげようっていうのよ。ありがたいと思いなさい』

「そうやって人の仕事場ぐちゃぐちゃにする気だろうが！」

『他にどうやって、どっぷりはまり込んだ社長を助け出そうっていうの？　時間がないからすこし荒っぽく行くわよ』

「やめろお！　頼むからやめてくれ。シャイアン山に道作るだけでもどれだけ苦労したか」

『逃げるついでに全部壊してくからね。ああ、あなたのいたずらはきれいさっぱり消しといたげるから安心して』

「どうやらまかせといても大丈夫のようだ」

ヴァルキリーを緩上昇に入れたガルベスが息をついた。

「あ、あの、オフィスのコンピュータ、スウにまかせて大丈夫なんですか？」

「他の誰にまかせるより信用できるだろう。まあ、あとでマリオが泣くかもしれんが」

ガルベスはちらっと後席のマリオに目を走らせた。

「泣いてますよ、もう。ああ、帰ったらあそこらへんの道から作り直さなきゃだめだ、せっかく苦労していつでも見に行けるようにしといたのに」

『今日のパスワードもあてずっぽうでやってたくせに、どうやって通うつもりだったのよ』

「それは、今日は社長を遠隔操作《リモートコントロール》しなきゃならなかったから。いつもならちゃんと準備しておいて遊びに行くから」

『これが犯罪行為だって、わかってやってるんでしょうね！』

声を上げたジェニファーにガルベスが答えた。

「まあ、今日はそのおかげで助かった」

『はい、社長、全力で後ろに駆け出してください。まわりの本棚ごと地下室を崩しますから、巻き込まれないように気をつけて』

カンパニーラジオに、合成された崩壊音が入った。まるで古い遺跡が崩れ墜ちるような音が流れ出す。

「あああ、せっかくあそこまで構築したのに……」

「仕事に戻れ、マリオ」

計器チェックをしながらガルベスが言った。

「今度はこいつを無事に連れ戻さなくちゃならん。無理したおかげであちこちがたがきてる」

「了解。帰ったら覚えてろよ、スウ!」

『ディズニーワールドのパスポートでいいわよ』

「なにがだ⁉」

「海軍の艦載機とすれ違うぞ」

亜音速にまで速度を下げたヴァルキリーをゆっくり上昇させながら、ガルベスはレーダーをチェックした。

「うまくインターセプトしてくれるといいんだが」

「相手がマッハ三以上出せるんじゃ、追いつけないかも……」

空母艦載機は、速度性能よりも格闘戦を重視して設計されている。公表されていないが、現在の主力戦闘機の最高速度はマッハ三には届かない。

「そりゃまずいな」

「なぜです？」

「ジェニファーが見てくれた防空監視網のデータを連邦航空局《FAA》に提出するわけにはいくまい？」

マリオはあっと声を上げた。

「しまった……でも、緊急出動要請は承認されたわけですから」

「自分のところでこっちを追っかけてた国籍不明機を捕捉していたとしても、防空司令部が機密に属するような追跡データを出してくれるかどうか」

「まして目視確認もできなかったら、いくら攻撃用レーダーを当てられたって言ってもやばいかもしれないわね」

「してみると、フライトレコーダーの会話記録も加工してやばいところを作りなおさなきゃならないの？」

マリオがげっそりと言った。

「勘弁してよ。それよりは世界に冠たる合衆国軍がその責務を果たすことを期待しよう」

「空軍の未確認飛行物体《UFO》の捕捉率を知ってるか？　国防総省《ペンタゴン》が空飛ぶ円盤の実在をいまだに

認めていないのは、単なるプライドの問題だって話だぜ」

「ガルベスう……」

「高度一万二〇〇〇を亜音速でハードレイクに帰還する。できるだけおとなしい飛行で帰るぞ、機体にこれ以上負担をかけないように飛んでくれ」

美紀に操縦をまかせて、ガルベスは操縦桿から手を離した。

「海面高度での超音速飛行？　あきれた、あんな機体でそんな無茶やってよく無事に帰ってきたわね」

ハードレイク空港の主滑走路めがけて最終進入に入ったヴァルキリーとの通信回線がつながったヘッドセットを片手に、ヴィクターは大型の艦載用双眼鏡を覗き込んでいた。

「超音速っていっても、マッハ一・五も出してないと思ったけど」

隣に立っているジェニファーは、管制塔《コントロール》備えつけの電子双眼鏡で大きく機首を上げて着陸態勢をとっているヴァルキリーを捉えている。電子的に安定させた光学画面に映し出される白い超音速爆撃機は、どこにも異常があるようには見えない。

「海面高度ってことは、成層圏に比べて気温も高いし、気圧も高いし、機体表面やエンジンにかかる負担もあんまり考えたくないレベルになるのよ。見てごらんなさい、機首や前翼《カナード》の縁《エッジ》が焦げて黒くなっちゃってる」

言われて、ジェニファーは電子仕掛けの双眼鏡の倍率を上げた。試作二号機まで取りつけられていた機首のピトー管は先行量産型の本機から省かれており、ヴァルキリー本来の大気を切り裂く鋭いラインを見ることができる。機首上面は太陽光線の反射を抑えるために黒く塗装されており、他の全面は耐熱白塗装で覆われているが、機首のカナードの全縁、胴体の下に張り出しているデルタ翼の先端、六基まとめてジェットエンジンを納めたエンジンポッドの先端部分も、まるで焙られたように黒く変色していた。

「ありゃありゃ、戦争でもしてきたみたい……」

つぶやいてから、ジェニファーは顔から双眼鏡を外してぺろっと舌を出した。

「戦争してきたんだっけ、あの連中は」

「よくもまあ無事に戻ってこれたものね。だけど、また飛ばすのにどれだけ手間がかかるか……」

「中味は乗ってる人間まで無事なんだから、大丈夫でしょ。操縦してるのはガルベス？」

「美紀の操縦で、ガルベスはアシストにまわってるわ」

「……大丈夫なの？」

ジェニファーはもう一度双眼鏡を覗き込んだ。超音速巡航用のバイザーは下げられているが、分厚い耐熱ガラス越しに操縦席の表情までは見えない。

「あの手の厄介な機体なら、ガルベスは扱い慣れてるもの。いまさら少しばかり経験値増やしたってそう簡単にレベルは上がらないわよ。でも、美紀はうちのハスラーが精一杯だから大型機を扱ういい訓練になるわ」

「大丈夫かしら」

双眼鏡から目を離して、ジェニファーは陽炎《かげろう》の向こうから降りてくる白い巨鳥に目を凝らした。

「なんか、ふらついてるように見えるんだけど」

「あれは低速だと、思ったところに持ってくのは難しいらしいし、反応もよくないから、先の先まで見越して動かしてやらないと着陸進入もできないわよ」

作られた当時、ヴァルキリーの着陸タイヤは耐熱成分の関係で銀色をしていたそうである。グッドイヤー製の当時のタイヤはもう手に入らず、あったとしてもゴムが劣化しきって使えないから、現在装着されているのはスペースプレーン用の小型高圧タイヤである。わずかに上反角のつけられたデルタ翼を最大に拡げて、ヴァルキリーは六〇メートルの幅が確保されているハードレイクのA滑走路にゆっくりと揺れながら降りてきた。

ジェニファーの腰で、ベルトに差していたトランシーバーが呼び出し音を鳴らした。ジェニファーはごく初歩的な使い方しか覚えていない多機能型トランシーバーを腰から抜いて耳に当てた。

「はいもしもし……あらチャン、どうしたの？……今？　管制塔にいるけど……ＬＡのダウンタウン？　連邦裁判所って、あなたいったい何やったの？」

日常会話ではあまり出てこない単語を聞いて、ジェニファーは顔をしかめた。一瞬ののち、あーっと大きな声を上げる。

「第一回公判の証人尋問、あれ今日だったの⁉」

「今日ですよ！」

数えるほどしか使ったことのないネクタイの締め方を思い出そうとしながら、チャンは鏡の前においた高出力トランシーバーに声を上げた。

「重要参考人なんです。滑走路に迎えに出るから美紀に伝えといてください！」

『了解したわ、伝えとく。よりによってそんな日にテスト飛行に出なくてもいいと思うけど……』

「離陸が予定より二時間遅れたようで」

ハードレイクでのヴァルキリーの初飛行は、テスト飛行の慣例に従って早朝の離陸が予定されていた。しかし、オービタルコマンドのメカニックまで駆り出しての徹夜仕事にもかかわらず、老朽化した複雑な機体システムの整備は事前の予想通りに予定時間をオーバーし、当然の帰結としてその後の発進も芋蔓式《いもづるしき》に遅れることになった。

予定された飛行時間はおよそ二時間半。予定通りにテスト飛行のスケジュールが消化されれば、ヴァルキリーはもっと早くハードレイクに帰還したはずである。しかし、これがスペース・プランニングのクルーによる最初の飛行となる超大型機は、これまた予想通りに、離陸してからも細々《こまごま》としたマイナートラブルを頻発し、結果として太平洋上に出て超音速巡航の準備を整えたころにはテストスケジュールはすっかり遅れていた。

「どうせ時間通りに戻ってこないのはわかってたんだけど、まさかここまで引っ張るとは思ってませんでしたよ。せめてあと三〇分早く戻ってくれれば、アナハイム行きのヘリに便乗できたのに、今からじゃ車飛ばすしかないなんて」

あれこれ結んでみるが、どうやっても結び目《ノット》がまともな形にならない。あきらめてワイシャツの襟《えり》からネクタイを引き抜いたチャンは、ハンガーからスーツをとってそのポケットに丸めたネクタイを放り込んだ。

「滑走路に出ます。管制官に、もう一度便乗《ヒッチハイク》できそうなロサンゼルス行きの便が近所を通りかからないかどうか訊いてみてください」

スーツの袖に手を通して、チャンは鏡の前に置いていた大型のトランシーバーをポケットに放り込んだ。他のポケットや胸をぽんぽんと叩いてみて必要なものを持っているのを確認してから、スペース・プランニングが使っている格納庫《ハンガー》の屋根裏にある自室から飛び出す。

スペース・プランニングの宇宙ミッションとしては前々回のものに当たる、最初の超長距離飛行、宇宙開発史上最初の彗星捕獲作戦は、各方面に多大な影響を及ぼした。

月よりも遠い高軌道上に入ったかつてのヨーコ・エレノア彗星の破片Aは、太陽熱による蒸発を可能な限り避けるために再び熱反射膜に覆われ、現在密閉作業と熱交換プラント、取水プラントなどを持つ専用ステーションを建設中である。建設計画は破片Aに最初に到着を宣言したスペース・プランニングを主体とする合弁会社によって行なわれており、ラグランジュ・ポイントに近い高軌道にかつてない規模の宇宙船団が派遣されている。

遅れて地球軌道に接近するいくつかの破片についても回収計画が立案、発動され、複数の回収作戦が進行中である。

本来完全な状態で地球軌道に投入されるはずだったのが太陽の裏で砕け、一度は絶望視された彗星の回収が、残存部分だけ、当初の予定よりも大幅に規模は縮小されるものの地球軌道上に安定させられることが確実になった段階で、全世界の宇宙開発関連株は大きく値を上げた。様々な新規計画がぶち上げられ、業界には、月への有人宇宙飛行を確約したケネディ大統領の宣言以来といわれる好況が訪れている。また、ニュー・フロンティア社の倒産に端を発した宇宙関連会社の業界再編は、彗星開発のための合弁会社設立などの動きにより静かにひろがりつつあった。

そして一方、民間で行なわれた最長の宇宙飛行中、彗星捕獲レースに参加した四隻の宇宙船は有形無形の航路妨害を受けていた。このうち地球からのクラッキングによる妨害工作のいくつかが犯罪として立件されたのである。

犯罪捜査は、最初の宇宙船がまだ彗星に到達するはるか以前に開始された。巨大な利権が絡む上、地球からはるか離れた犯行現場に対して行なわれた犯罪は、それまでの電子犯罪に比してもかなり特殊なものであったが、まず宇宙船の威力航行妨害、乗組員の殺害を目的とした殺人未遂事件として連邦捜査局が動きだし、その後、軌道管制局、連邦航空局などが合同捜査本部を設立、長距離宇宙通信にクラッキングした何人かの直接犯の摘発、逮捕に成功している。

長期にわたると予想される裁判の一部はすでに開始されており、彗星捕獲レースに参加した宇宙船の乗組員はその全員が重要参考人として裁判所に招致されていた。

スペース・プランニングから急遽《きゆうきよ》建造された長距離宇宙船コンパクト・プシキャットで彗星捕獲レースに参加、結果的にクラッキングの被害にこそ遭わなかったものの、ほかの宇宙船の支援にまわることになった美紀とチャンも、地球帰還後に当局による幾度もの事情聴取を受けている。

犯行現場が地球外であり、地球からのクラッキングもそれによる被害を受けた会社の所在地も全米にまたがるために、裁判は複数の司法所轄で同時進行で行なわれている。西海岸ではシアトル、サンフランシスコ、ロサンゼルスの三カ所、スペース・プランニングのあるハードレイクはロサンゼルスに一番近いため、美紀、チャンの二人はロサンゼルスの司法裁判所に証人として招致されている。

あらかじめ予告されていた証人尋問の日時は本日午後三時、北米大陸西海岸の夏時間はすでに一時をまわっている。格納庫のすみに放り込んでおいた旧式な愛車コルベット・スティングレイのエンジンをかけながら、チャンは左腕の高機能ナビゲーションウォッチを目の前に持ってきた。

「間に合うのかなあ、ハイウェイパトロール《チップス》から逃げきれれば間に合うだろうけど、ただでさえ連中はガソリン車見つけると意地になって追っかけてくるからなあ……」

あらかじめ暖機しておいた大排気量のＶ８エンジンが重低音の排気音を吐き出す。六速のマニュアルシフトを入れて、チャンは二人乗りのオープンスポーツカーをスタートさせた。

「こちらチャーリー・チャン、ただいまスペース・プランニング格納庫より滑走路にタキシング開始。滑走路で停止中のヴァルキリーと接触の予定、なんかあったら呼んでくれ」

スイッチを入れっぱなしのトランシーバーに叫ぶが、騒音問題など度外視したような純ジェットの大型機が着陸してきているから、管制塔が聞き取ってくれたかどうかわからない。他に誘導路上に離陸を待つ機体がないのを確認して、チャンは空港内の制限速度ぎりぎりの時速六〇キロで滑走路に向かった。

同じデルタ翼機のハスラーよりもかなり大きな仰角をとって、ヴァルキリーがその首脚を滑走路に接地させた。ゆっくりと機首を下げ、デルタ翼の下のエンジンブロックの先端にある首脚が接地すると同時にブレーキ、合わせて大型の減速用ドラッグシュートが三つ開傘《かいさん》される。

平行する誘導路を、着陸したヴァルキリーを追うようにフルスロットルで加速するコルベットの助手席で、トランシーバーが何か言い出した。チャンはシフトアップしたその手でトランシーバーをとって耳に当てた。

『管制塔よりチャン、聞こえる？』

「聞こえてます、なにか？」

片手操作でボリュームを最大に上げながら、チャンは耳元にトランシーバーを当てた。

『エンジンの調子がおかしいから、ヴァルキリーはエンジン停止。ウォーレンが牽引《けんいん》用のM1戦車を借り出してくるまで動けないわよ』

「美紀にパラシュートでも背負ってヴァルキリーから飛び降りるように伝えてください！」

やけのようにチャンは叫んだ。着陸状態でも、ヴァルキリーの機首は地上から一〇メートル近く高い場所にある。

「でなければ、自分で司法当局に欠席届出すようにって！」

滑走路上の白い巨体がドラッグシュートを滑走路上に投棄した。騒音規制などという言葉すらなかった時代に作られた大型ジェットエンジンの金属音が急速に低くなっていく。

「うわー、表面ぼろぼろじゃねえか」

滑走路の端で停止したヴァルキリーに接近しながら、コルベットのハンドルをにぎるチャンがつぶやいた。飛行前にその純白の耐熱塗装をきれいに磨き上げられたはずの機体は、あちこち焦げたりはがれたりして薄汚れている。

「どっかのパネルも飛んでそうだな。修理が大変だこりゃ」

停止したヴァルキリーをいったん誘導路から追い越し、チャンはコルベットを停車させた。

「チャンより管制塔《コントロール》、滑走路に入ってもいいか?」

『許可する。Xボンバーのパイロット一人はすぐに降りてくるそうだ』

顔馴染みの管制官の返答を確認して、チャンは再びスタートさせたコルベットを幅六〇メートルの主滑走路に乗り入れた。カナードの前で乗降ドアが開かれ、非常脱出用の縄梯子《なわばしご》がコンクリート上に投げ降ろされた。

「そりゃまあ、タラップカー待ってる暇はねえわな」

開かれた小判型のドアから顔を出した美紀が、なにか叫んでコルベットを手招きした。とりあえずチャンは合成繊維製の縄梯子の下に車を停めて腕時計を見る。

「フリーウェイはいいとして、問題はシティに入ってからだよな。下手するともろに渋滞にぶち当たるから……わあ!」

予告もなしに助手席にどさっと黒い塊が落ちてきたので、チャンは思わず声を上げた。

「何だ、生首か!?」

よく見ると、ふくれたフライトバッグである。顔を上げると、はるか上方からフライトスーツ姿の美紀が、するすると縄梯子を降りはじめた。

「お待たせ、無線貸してくれる？」

すとん、と滑走路に降り立った美紀が、コルベットのドアを開けた。チャンは憮然とした顔で助手席に落とされたフライトバッグを叩いた。

「この下」

「あら大変」

あわてて大きなフライトバッグを抱え上げた美紀が、下敷きになっていたトランシーバーを拾い上げた。

「よかった、使えるわよ」

「怪我がなくて何よりだぜ」

運転席のチャンはリヤのトランクゲートを開いた。ぱんぱんにふくらんだフライトバッグをコルベットのトランクに押し込んだ美紀が助手席に乗り込んでくる。

「出していいわよ」

「かしこまりました、お嬢様」

乱暴に発進したコルベットの助手席で、美紀はトランシーバーを耳に当てた。

「管制塔《コントロール》、どうぞ。パイロットの美紀です、……ああ社長、今からシティの裁判所に向かいます。……ええ、間に合うように祈っててください」

誘導路をフルスロットルでとばしながら、チャンはちらりと助手席でシートベルトを締めはじめた美紀を見た。

「フライトスーツで証人台に立つつもりか？」

「まさか」

バケットシートに深く身を沈めて、美紀は肩をすくめた。

「どこに不時着して、どこから裁判所に直行しなきゃならなくなるかわからなかったから、ちゃんとスーツ持ち歩いてたんだから」

「フライトバッグに何詰めてるのかと思えば……」

「ねえ、証人って控え室あるのかなあ」

「なんでや」

「だって着替える場所ないじゃない」

美紀は、二人乗りでしかないコルベットのオープンコクピットを見回した。

「問題は、時間があるかどうかの方だぜ」

空港ゲートを駆け抜ける。かなり舗装の荒れてきた岩石砂漠の田舎道を飛ばしていかないと、ロサンゼルスに続くインターステートには出られない。

「全く、うちの会社も業務拡張やる気があるんなら、連絡用のジェットヘリくらい買えばいいのに。パイロットなら売るほどいるんだから」

「あたし、ヘリの免許は持ってないわよ」

言われてハンドルを握るチャンは考え込んだ。彼の飛行機免許も固定翼機に限られている。

「おれもだ。まあ、ガルベスなら何でも飛ばせるだろうし、訓練は機会ができてからでもいいか」

フライト2

ロサンゼルスの連邦裁判所は、市庁舎をはじめとする行政関係が集中しているダウンタウンのシビックセンターにある。近代的なビルディングが立ち並ぶ市街中央のブロックには、四つの裁判所がある。

郡の刑事裁判を扱う裁判所と行政ビルの間にある駐車場に、強力な下降気流《ダウンウオッシュ》を叩きつけながら、特徴的な白と青に塗装されたカリフォルニアハイウェイパトロール所属のジェットヘリが着陸した。スライドドアが開いて、ネクタイを締めたチャンと、似合わないカジュアルスーツに身を包んだ美紀が降り立つ。

「あのニュースは、おれもうちでテレビで見てたんだぜ」

フライトスーツ姿の乗組員が機内から降り立った二人からヘッドセットを受け取った。

「いい結果が出るように祈ってる。おう、それと、忘れ物だ」

フライトスーツの内懐《うちぶところ》から運転免許証を出した乗組員が、チャンに渡した。

「じゃあな」

「助かりました。よいフライトを」

機外の二人に敬礼を返して、乗組員はスライドドアを閉じた。ジェットタービンの唸りを上げて、最新型のベル272が離陸する。

「ヘリコプターで張ってるって知ってたら、最高速テストなんかするんじゃなかったぜ」

チャンは手の中に残った運転免許証を恨めしそうに睨《にら》みつけた。

「いいじゃないの、スピードオーバー三分の一にまけてくれたんでしょ」

「そりゃそうだけど……」

「それに、事情話したらここまで送ってくれたんだし、着替える時間もできたし。罰金は割り勘にしてあげる。早く行きましょ」

仕方なくスーツのポケットにライセンスカードを放り込んで、チャンはさっさと歩き出した美紀の後を追った。その後ろ姿に妙な違和感を感じて立ち止まる。

「おい、美紀！」

「なに？」

「なんかおかしいと思ってたんだ。おまえ、スカートに飛行靴《フライトブーツ》で証人台に立つつもりか？」

言われて、美紀は困ったような顔で自分の足もとを見た。

「ワイルドな感じがしていいでしょ」

「だからそーじゃなくて」

「パンプスなんか持ってるわけないじゃない、社長のハイヒールはサイズ合わないし」

かつん、と駐車場のコンクリートを蹴飛ばして、美紀は再び歩き出した。

「心配ないわ、証人台に立つときは足もと見えないでしょ」


「宣誓しなさい」

言われて、指輪どころかマニキュアもしていない自分の指を見ながら、美紀は聖書に手を置いた。

「自分の良心にしたがい、真実を述べ、真実以外の何ものも述べないことを誓います」

エアコンディショナーによって心地好く冷やされた空気の中に、マイクを通した自分の声が大きく響いた。

「裁判長、そして陪審員の皆さんにお聞きしたいのですが、今現在、いったい宇宙開発という名目のもとにどれだけの資産が軌道上につぎ込まれているのか、そして、そこからもたらされる利益がいかに小さな部分にしか還元されていないのか、ご存じでしょうか⁉」

若い弁護士は、芝居がかったしぐさでパフォーマンスを開始した。

「……なに言い出したの、あのひと？」

証人席の美紀は、隣に座っているチャンに小声で聞いた。チャンは肩をすくめてそれに答えた。

「最近の弁護士に必要な才能は、なによりも演技力だそうだ。頭の回転とか、法知識なんてのはその次だって話だぜ」

「法曹関係に詳しいなんて知らなかったわ」

「いや、主人公の弁護士の相棒が再放送で言ってたんだけど」

「ああ、そう……」

「現在の地球環境は、合衆国始まって以来といっても過言ではない危機的状況にあります。前世紀より確実に上昇した平均気温が示すように、二酸化炭素排出、その他文明的活動によって地球温暖化は確実に進み、そのために平均海面は上昇、数々の大都市がその存続の危機的状況に見舞われているのは、賢明なる陪審員の皆様が日々のニュースで目にしている通りの状況であります」

「言うに事欠いて環境擁護派？」

陪審員に向かって大袈裟な身振り手振りで語りかける弁護士に、美紀は眉をひそめた。

「みたいだな。訳のわからない宇宙開発よりは、対象が身近で直接生活に関わってくるだけ、一般大衆にアピールしやすい」

「それも再放送で？」

「いや、こっちは通販雑誌のコラム」

「裁判長！」

検察側が発言を求めて手を上げた。

「被告の弁護人はいたずらに関係のない話をすることによって審理を引き延ばそうとしています！」

「異議を認めます」

初老の裁判官は検察に肯《うなず》いた。

「弁護人は速やかに主題に入るように」

「この話は、被告の置かれた状況と犯行に至るまでの心理的状況の説明に必要不可欠なものです」

びしっとしたスーツに身をかためた弁護士は、裁判長に向かって胸の前で手を組んで見せた。

「では、可能な限り短くまとめてください」

「感謝します。被告の住むテキサス州にも、かつて肥沃《ひよく》な大地がひろがっていました」

「ありゃありゃ」

チャンは小声でつぶやいた。

「裁判長も環境擁護派かい？　こりゃ、今回の裁判は簡単に終わってくれそうにないな」

「また何度もこんな格好して、こんなとこまで出かけてこなきゃならないの？　勘弁して欲しいわあ」

「合衆国内の砂漠化は、諸外国ほどではないにしろ確実に進んでいます」

「行きすぎた大規模農業が破綻して大地が放棄されてるだけだろうが」

「一方海外に目を向ければ、このままでは二度ともとの植生を取り戻せない、と判定される砂漠化は五大陸のすべてで進行中であり、地球環境は着々と破壊されつつあるのは目を逸らすことのできない、まぎれもない事実なのであります」

弁護士は芝居がかったしぐさで満員の傍聴席を見渡した。傍聴席には興味本位の野次馬だけではなく、ゴシップ雑誌から新聞、ニュースネットの記者までが入っている。

「さて、宇宙開発という事業は、前世紀においては国家規模でしか成し得ないほどの資金力を必要とする計画でした。今世紀に入り、その資金規模は何とか民間でも運営できるほどの金額になりましたが、それでも一般市民から見れば非現実的としか思えない大金を浪費する事業であることに変わりありません」

爽やかな顔で微笑んだ弁護士は、証人席の二人の宇宙パイロットに向き直った。美紀は宇宙産業における事業収支でも質問されるのかと思って、スカートの上に揃えた手を握り締める。

口を開いた弁護士は、いつのまにか左手にプリントアウトを拡げていた。

「さてここに、被告の計算した興味深い数字があります。一つめは、現在世界中で宇宙に投入されて消えていく資金の総額、そして、二つめは地球の温暖化や着々と進む砂漠化を防ぐために必要と思われる資金を試算したものです。裁判長、このプリントを裁判長および陪審員、検察側と証人の皆さんに配布する許可をいただきたいのですが」

「裁判長、異議あり！」

さすがに検察側が立ち上がった。

「弁護人が事前に提出した証拠書類の中に、現在申し述べているような数字を示唆《しさ》するような書類はありません」

「異議を認めます。弁護人は、その書類の内容を口頭で説明できないのですか？」

まだ若い金髪の弁護士は、戸惑ったような表情を浮かべてからうなずいた。

「では、計算の結果を口頭で説明します」

「ざーとらしい演技しやがって」

チャンが小声で言った。

「証拠のコピーの配布なんてな、古い手だぜ」

「それも再放送？」

「いや、ガキの頃テレビで見た。新米の弁護士がやって、後で事務所のベテランに怒られたんだ」

弁護士は、いくつかの天文学的な数字の羅列をはじめた。海面の上昇、砂漠化の進行による損失のドル・ベースでの換算、それからそれを防ぐために必要な金額、現在合衆国政府が国内の自然環境の保全に使っている金額、そして、最後に現在の宇宙産業の年間の市場規模とその収益が読み上げられる。

「さて、これは無味乾燥な数字の羅列でしかありませんが、しかし、被告の得意な統計学の最新理論をここに持ち込むと意外な事態が浮かび上がります。つまり、宇宙産業に投下される資本のわずか一〇分の一の金額があれば、我々が住むこの地球の環境を救うことができるのです！」

「そー来やがったか」

「異議あり！」

チャンが頭痛を感じたようにこめかみを押さえるのと、証人席の美紀が声を上げて立ち上がるのが同時だった。チャンがはじかれたように美紀に取りすがる。

「ちょっと待て！　裁判長、今のなし、ちょっと待ってください！」

「止めないでチャン！　我慢できない。あんなこと言われて黙ってるつもり⁉」

「いいから座れ！　今なら見逃してもらえる。ほら、まだ裁判長発言許可してないし」

チャンはそこから先、他に聞こえないように美紀の耳元にささやいた。

「こんなところで騒ぐと、あの弁護士の思う壺だぞ！」

美紀の息が止まった。チャンを見て、すべて承知しているようなハンサムな弁護士を睨みつけてから、美紀は裁判官と陪審員席に一礼して席に着いた。

「なによ、あのすかした弁護士！」

着慣れないカジュアルスーツのまま、美紀は廊下のコーヒーメーカーの台を飛行靴の爪先で蹴飛ばした。

「あんないーかげんな理論展開で法廷弁護が務まると思ってるの⁉ それに検察側も裁判長もどうしてそれを黙って聞いてて止めもしないのよ！」

「まあ、勇ましい展開ではありましたな」

もうだらしなくネクタイをゆるめてしまったチャンに言われて、美紀はコーヒーメーカーのカップをとった。いつもならミルクは入れるのに、今日はブラックのまま口をつける。

「いきなり声上げて立ち上がったときは、どーなるかと思ったぜ」

「チャンもチャンよ！ どーしてあんなこと言われて黙って聞いてられるのよ、意識でも失ってたの⁉」

「こういう場合、乗せられた方が負けだって言ってたから……」

「誰が⁉」

「子供のころ見てた刑事ものの主役が」

コーヒーメーカーから自分の分をカップに注いだチャンが、天井の高い廊下に置かれている固いベンチに腰を降ろした。空いている横を勧める。

「まあ、裁判長も見ない振りしてくれたから、なんとかなったけどさ。どうぞ」

「……ありがとう」

他人行儀に挨拶して、美紀はベンチに腰掛けた。両手で持ったコーヒーカップの湯気をふーっと吹き飛ばす。

「……なんか、疲れた」

「慣れない証人が？　それとも、あの弁護士のパフォーマンスが？」

「両方だけど……一番はこの仮装行列のほうかしら」

美紀は、ジェニファーから借りてきた一番おとなしいフォーマルスーツを着た自分の胸元を見下ろした。ずいぶんと余っている。

「なんか違和感があると思ってたんだ、美紀がそんな格好してるのって。まあ、そのうち慣れると思うけど」

美紀はとなりのチャンをちらっと見た。

「チャンのネクタイ姿だって初めて見たわよ」

「ネクタイなんぞ、ハイスクールの卒業パーティー以来だぜ」

ふーと溜め息をついて、チャンはゴシック風のとてつもなく高い通路の天井を見上げた。

「それで、結局なにがどうなってるわけ？」

ひと口コーヒーを飲んだ美紀に聞かれて、チャンは美紀を見た。

「だから、被告人席に座ってたあの貧相なデブが、はるばる五〇〇万キロも離れた俺たちの宇宙船にクラッキングかけてきた主犯の一人さ。もっとも、本人は崇高なる思想のもとに、危機的状況にある地球に目を向けさせようとしてあんなことをしでかした、ってことにしたいらしいけど」

「そこらへん、よくわからないんだけど」

熱いコーヒーをベンチの横に置いて、美紀はよく磨かれた大理石の床に目を落とした。

「結局、あの人が犯人なの？　それとも違うの？」

「検察側は、犯人だって言ってる。弁護人は、被告は地球環境の危機を案じるあまり自分が何をしているのか理解していなかったと言っている。まあ、あえて共通の見解をとるとしたら、あのデブはおそらく今回の妨害工作で糸引いてるどこかの黒幕の、ほんの手先どころか指先でしかないってとこじゃねえのかな」

「指先ね……」

美紀は、のばした自分の人差し指の指紋を見てみた。

「ここらへんの説明はマリオにしてもらったほうがわかりやすいと思うんだが、結局、FBIと州警察の半分がよってたかって全米各地で逮捕できた犯人の団体さまってのは、彗星捕獲に向かった宇宙船を遭難させようとした組織の隠れ蓑《みの》ってところが正解らしいぜ」

「……そんなところじゃないかと思ったけど」

美紀は溜め息をついた。彼女のニュースソースはおおむねテレビとインターネット、業界サイトと専門誌程度でしかない。

美紀とチャンが地上に戻ってきたころには、はるか地球を離れた宇宙船にもぐり込もうとしたクラッカーはそのほとんどが逮捕され、その取り調べもかなり進んでいた。地球帰還軌道をとった宇宙船内での話題はもっぱら地球から届く最新のニュースだったし、乗組員はその全員が当事者だから興味の度合いは高い。

しかし、ほぼアメリカ全土に渡るかなり大規模なクラッキング事件だったのにもかかわらず、それに関する報道はどこか的外れで歯切れの悪いものだった。誰がどういう意図をもって妨害工作を行なったのかはともかく、それが具体的にどうやって行なわれ、その結果何が起きたのか、完全に理解している報道関係者の数が少ないらしい、というのが事件の当事者である乗組員一同がたどりついた結論である。

地球に帰ってくればなにか新しい進展があるかと思ったのだが、ハードレイクに戻ってきても、得られる情報は大差なかった。タイムラグのある通信回線を通じても行なわれていたが、軌道管制局と連邦捜査局、国際警察などにより設置された合同捜査本部の事情聴取は、地球帰還後も何度か行なわれ、美紀もチャンも何人もの捜査官を相手に、何時間も何回も同じ話を繰り返させられた。

直接捜査に関わっているはずのGメンからの捜査状況の説明もあったが、複数の州、多人数のクラッカーを動員した犯罪はどこかもっと別のところからの指示で行なわれたらしく、実行犯の逮捕までで、航路妨害を思いつき、実行を指示した黒幕のところまではまだ誰もたどりついていないらしい。

所帯としてはもっとも小さなスペース・プランニングをふくめて、すべての彗星捕獲レース参加各社が関連会社までまとめて犯行に巻き込まれていた可能性がある、という事実も捜査を複雑化、長期化させていた。

今回やっと始まった犯人追及は、とりあえず逮捕され、身柄を拘束されている実行犯の罪を確定させるものでしかない。地球のみならず軌道上にまでまたがる事件の捜査本部が真の犯人を探し当てることができるのか、そしてその黒幕は単独なのかそれとも複数なのかすら、まだわからない状況である。

「それじゃ結局、これだけ時間と人手をかけてまだなんにもわかってないのとおんなじことじゃない」

「結論から言うと、そういうことだ。実行犯まで簡単にたどりつけた割に、その先に一歩も進めないって状況らしい。てなわけで、黒幕の正体を当てる賭けってのがあって、宇宙人の陰謀からフリーメイソンまで幅広く出てるよ。参加する?」

「自分ネタにギャンブルするの、もういやだ」

美紀は唇を尖らせた。

「だいたいその賭けって、迷宮入りしたらどうなるのよ」

「ブックメーカーの総取りだろうなあ」

「ありそうな落ちよね」

美紀はつまらなさそうにコーヒーを飲み干した。

「これだけ話題になってる話で、いまだにそれ以上の有力な手がかりが出てこないってことは、少なくとも当局のほうは、これ以上この話突っつく気ないんじゃないの？」

「かもな。ブックメーカー同士のいざこざならともかく、今回の黒幕ってな意外にとんでもない大物かもしれないってのはマリオも言ってたけど」

「ユダヤ人の陰謀とか？」

「最近は中国人のほうが流行らしいぜ」

予告もなしに、どこかで携帯端末が鳴り出した。どこで鳴っているのか考え込んでから、チャンはあわててスーツの内懐から携帯端末を取り出した。

「はい、もしもし……ああ、社長、大丈夫です、こっちの証言はもう終わったところです。まあ、おおむね事実確認と、後いくつか弁護士の質問に答えたくらいで、大したことは……ええ、大丈夫ですけど……サンフランシスコ？　これからですか？」

「ご苦労さん」

「おれじゃねえ、呼ばれてるのは美紀のほうだ」

「え、なんであたしが？」

「はい……はい、わかりました。とりあえずサンタモニカ空港に向かいます。はい、じゃそういうことで」

通話を切ったチャンは端末をスーツの内懐に戻した。からのカップを持ったままの美紀がベンチから立ち上がる。

「なんで、あたしがサンフランシスコ行かなきゃならないのよ」

「正確に言うと、行かなきゃならないのはオークランドの航空管制局だ」

サンフランシスコ近郊のオークランドには、太平洋全域をその管区とする航空管制局がある。自分のカップに残っていたコーヒーを一気飲みして、チャンは歩き出した。

「ほら、ついさっきまで未確認機《アンノウン》らしいのに追っかけまわされてただろ」

「未確認機じゃないわ、敵機《ボギー》よ」

「太平洋側であそこまで堂々と敵性行為とったのは珍しいらしくってな、管制局に関係者が呼び出しくらったらしい。ガルベスが社長のスタークルーザーでサンタモニカ空港でおれたちをピックアップしてくれるっていうから、そこまで行けってさ」

「今度はサンフランシスコ？」

先を行くチャンに続いて、ごみ箱に自分のカップを放り込んで、美紀は頭を振った。

「今夜はどこでベッドに入るのかしら」
「眠れないって可能性もあるぜ」
「よしてよ、今朝早かったんだから」

シビックセンターでタクシーを拾い、サンタモニカフリーウェイを西へ飛ばす。会社や学校帰りの車の渋滞に引っかかりながら、ロサンゼルス市営サンタモニカ空港に到着したときには、空港施設は夕陽に染め上げられていた。

民間のビジネスジェットでカナード式は珍しい。駐機場《スポット》によく目立つ機体を見つけて、チャンと美紀はさっさと、開いていたタラップドアからスタークルーザーに乗り込んだ。

「ミグ25フォックスバット？」

海に向かって滑走路から飛び立ったスタークルーザーの豪華なキャビンで、美紀は操縦桿をチャンにまかせて、やってきたガルベスに聞き直した。

「知ってるか？」

「ええと、昔の資料で写真を見たことはありますけど。たしかF－15イーグルみたいな機体……」

「クリップドデルタに双垂直尾翼、たしかに機体構成は似たようなもんだが……」

「よく知ってるね」

大きすぎる旅客席に埋まったマリオが感心してうなずいた。

「こっちはネットで写真見るまで、形も見当もつかなかったんだけど」

「実物は見たことない」

美紀は首を振った。

「詳しいスペックも何も覚えてないし、たしか、かなり古い機体だったような……」

「お前が使っているホーネットより二〇年近くも前の機体だ」

ガルベスが言った。

「カテゴリーは戦闘機だが、超音速超高空迎撃機で、格闘戦ができるような機体じゃない。だが、とにかく速度だけに性能を振っているから、最高速度はマッハ三・二って話だ」

「三・二⁉」

声を上げたのは美紀だった。

「速いの？」

マリオのとなりにいたスウが小声で聞いた。マリオはめんどくさそうにうなずいた。

「世界中のどんな超音速旅客機やビジネス機持ってきたって追いつけない。軍用機や宇宙機なら、いくつか勝負になるやつがあるけど」

「うちのヴァルキリーの最高速度は……」

「今日のテストデータの修正値でマッハ三・〇八。ついでに言うと、ヴァルキリーは結局試験機のまんまで終わっちまったけど、ミグ25は実戦配備されてそのあと31なんて改良型まで出てる。今日、太平洋上で火器管制レーダーぴかぴかさせながら追っかけてきたのは、こいつじゃないかって話だが」

「そりゃ、自家用に超音速戦闘機使えるようになってずいぶんになりますけど」

美紀は自分が自家用に使っているホーネットを思い浮かべた。最高速度はマッハ二に届かない。

「実戦装備残したまんまで自家用やってるミグ25なんて希少機、一体誰が持ってるんです？」

「戦闘装備は機体検査のときに外しておけばそれで済む。自家用登録するときに搭載が禁止されてるのは機銃とかミサイルとかいった直接攻撃用の武器だけで、頭でっかちの役人どもはいちいち火器管制用の配線まで全部殺されてるかどうかチェックしてくれるわけじゃない」

「やろうと思えば、美紀のホーネットだって一時間もあればフル装備に戻せるよ。戦闘機仕様と攻撃機仕様とどっちがいい？」

「よしてよ、これ以上重いがらくた積み込まれたら飛行性能悪くなっちゃう」

美紀のホーネットは軍属から民間機になってもう長い。払い下げの時点で火器ともども管制装置は外されているから、かさばって重い二〇ミリバルカン砲などは搭載されておらず、それだけ機体重量は軽くなっている。翼面加重も低くなり、推力重量比も上がっているから、飛行性能だけなら軍属の機体よりも高い。

「それで、西海岸に自家用にミグ25なんか持ってる趣味人はいるんですか?」

「検索してみたけど、北米大陸と環太平洋で該当機なし」

マリオは両手を上げてみせた。

「だいたい、速度だけなら今の一線級と互角、ブラックバードと追っかけっこだってできるって高速機だ。質実剛健なロシア機だけど、趣味で飛ばせるような維持費の安い機体じゃない」

「それじゃ、どっから飛んできたの?」

「現状ではいっさい不明」

マリオは肩をすくめてディスプレイに向き直った。

「空軍あたりならそこらへんの情報確保してると思うんだけど、出してくれるかなあ。防空の機密情報だろうし」

「いざとなれば、また空軍のネットに潜り込んで調べられるんじゃないの?」

「今度はあたしのいないところでやってよね」

スウが言った。

「このやろ、人の構築したシステムぐちゃぐちゃにしたくせに……」

「あんないいかげんな潜入プログラムで、ワークステーション稼動させるからよ。やばいところに潜るためには、まず逃げ道を確保してからって常識も知らないの?」

「こいつに常識をうんぬんされるとは、いやな時代になったもんだ」

エグゼクティブ用の大きなシートに肘《ひじ》をついて、マリオはわざとらしく大きな溜め息をついた。

「それで、必要な情報は得られるの？」

聞いた美紀に、マリオは意味ありげに顔を上げた。

「念のために言っとくけど、それって犯罪教唆になるってわかってる？」

「あたしは別に警戒厳重な防空空軍の機密の壁の向こうから重要情報を盗《と》ってきてくれなんて言ってないもん」

「言ってる言ってる」

「このあたりにその25番の飛行機持ってる人がいないのはわかったとして、世界的にはどうなの？　中米とか、南米大陸のほうから飛んできたって可能性は？」

「もちろん、このあたりで所有者が引っかからないから、検索範囲拡げて今現在で稼動可能な機体を25と発展型の31の両方で調べてみたんだけどね、ヨーロッパと中東で軍属以外に飛べる状態にある機体はない。もっとも、博物館保存とか、現役はずれた機体とか、すべてを追跡して実際にどの程度の整備状況なのか、単なる展示品とか記念品なのか、全部実地に見てきたわけじゃなくて電子情報になってる帳簿の上だけの調査だから、一〇〇パーセント信用できるわけじゃない」

「マッハ三以上出せるような所属不明の超音速機に追跡されたのは事実だわ。存在しないことになっていたって、そういう機体をどこかから持ってきて飛行可能な状態にして、なおかつ武装までつけて送り出すのは不可能じゃない」

「不可能じゃないの？」

無邪気にスウに聞かれて、マリオはこめかみを押さえた。

「どこの業界にだって、金と知恵さえあれば裏技は使い放題なんだ。どこで必要になるかわからないから、うちにだって中古のミサイルの仕入れルートくらいはあるし、ガルベスだったら核爆弾装備の戦略爆撃機持ってくるコネだってあるんじゃないかな」

「そんなものはない！」

「だったら、そのルートで超音速機仕入れられるかどうかやってみたら？　そのルート逆からたどれば、どこから飛んできたかわかるんじゃないの？」

「ロシア機のルートにコネはない！」

言い返してから、ガルベスはふと考え込んだ。

「いや、ないこともないか。ガーランドの奴がヨーロッパには妙なコネいろいろと持ってやがるから、そっちから探れば少しは情報が出てくるかもしれないが」

「管制局はなんて言ってるの？」

「最低高度違反、速度違反、航路規定無視の無謀飛行とか、並べ立てればいくらでも出てくるはずなんだけどね。向こうもある程度の事情はわかってるから、とにかく話を聞かせろ、報告書を提出しろってことで……」

「ほーこくしょー……」

美紀がつぶされたカエルのような声を出した。ヴァルキリーでハードレイクに帰還するなりチャンのコルベットで連れ出されたから、報告書を作成する時間も提出している暇もない。

「ああ、それならとりあえず勝手にこっちで作って飛行記録《フライト・データ》ともども提出しといた」

「ありがと、感謝するわ！」

美紀は思わずマリオに柏手《かしわで》を打った。

「晩ご飯、何がいい？」

「チャンの実家のチャイニーズレストランで豪遊」

「……サンフランシスコでじゃないの？」

「のんびり食事してる時間があるとは思えない」

マリオは窓の外に目をやった。

「今からLA経由でサンフランシスコまで飛んでいけば、まともな営業時間なんかとっくに過ぎるのをわかってて、わざわざ乗員全員呼びつけるんだ。オークランド空港に着くのはどうせ夕食の時間のあとだし、それからあと当局に出頭して事情聴取にどれだけかかるか……」

マリオは、難しい顔でエグゼクティブ用のシートに埋まっている美紀を見た。

「よかったね、そういう格好してるほうが係官の受けはいいと思うよ」

あわてて両脚を揃え直した美紀はスカートの裾を押さえた。

「ミッションの一部の宣伝活動だって、無理やり出演させられた地球帰還の記者会見まで作業服で済ましたからね、美紀は。でも、少なくとも事情聴取が終わるまではそのまんまでいたほうがいいと思うけど」

美紀は軽くマリオを睨みつけた。

「慣れてないのよ。こんな服、めったに着ないから」

「例の爆破予告との絡みは？　マリオのこったから、どこから来たメールかくらい突き止めたんかい？」

「聞きたい？」

渋い顔をしたマリオの隣で、スウはにっこりと笑った。

「……ろくでもない結果が出たみたいね」

「五大陸全部引き回されてから、軌道上に飛ばされた。どこだと思う？」

「ラグランジュ・ポイントのどれか？」

「いい線だ。聞いて驚け、こともあろうにうちの前線基地《ブランチ》だ」

「うちのって……」

彗星レース用に軌道上に設置された建造基地がすでに解体された今、ハードレイク以外に存在するスペース・プランニングの支所は一カ所しかない。地球軌道に入ったものの、まだ安定していないヨーコ・エレノア彗星に前線基地として残された、コンパクト・プシキャットにバズ・ワゴンの船体構造を接続した複合体である。

ただし、現在はまだヨーコ・エレノア彗星がラグランジュ・ポイントに安定していないため、周囲に設置された監視衛星の統制システムが置かれているくらいで常駐している人間はいない。

「だって、あそこ今……」

「そう、高軌道上にいるから、次の接近まで最前線は無人でだれもいない。どこからクラッキングしたのかわからないようにそこでぴたりと足跡消して、最終発信アドレスはうちの彗星基地になってたんだ」

「できるの、そんなこと?」

大きく目を見開いて聞いた美紀に、スウは大袈裟に肩をすくめて両手を上げてみせた。

「されちゃったのよ。地球から三〇〇万キロも離れたプシキャットにあっさりクラッキングされたときも呆れたけど、今回なんか高軌道上とはいえ自分のところのコンピュータに簡単に入り込まれていたずらされて、しかも気がつくのは向こうが足跡どころかきれいにお掃除して戸締まりまでしてってってからなんだもの」

「うるさい」

マリオの反論にも精気がない。

「ってことは、史上最遠距離のクラッカーをマサチューセッツやスタンフォードと協力して狩り出したマリオが、突然オフィスのディスプレイに表示された爆破予告が誰がよこしたのかどころか、どこから来たのかも突き止められなかったって、そういうこと？」

「いくらこっちが知恵と勇気の限り尽くしたって、できることとできないことがあるんだ。今回の相手は、技術力だけじゃなくって資金も装備も並みじゃないし、今回は時間もなかった」

美紀は、開けっ放しのコクピットのドアに立っているガルベスを見た。ガルベスは、様子を見るように操縦室に目をやった。

「どうだ、そっちの様子は？」

「西海岸沿いに飛行中、順調です」

「そりゃまあ、ヴァルキリーの飛行報告出して、送られてきた爆破予告のメールの逆探知はじめたら、オークランドの管制局から名指しで呼び出しがきて、またひこーきン中引きずり込まれたんだから、じっくり調べつけてる時間はないわな」

「資金と装備が並みじゃないって？」

「推測でしかないけどね。いくら並列処理させてかりかりにチューンしてあるってったって、ぼくが使ってるコンピュータは中古の寄せ集めでしかない。向こうはどうやら暇なハッカーのいたずらじゃなくって、最新高性能のコンピュータを地球の上と、ひょっとしたら軌道上にも散らばらせて仕掛けてきてる可能性がある」

「たかが爆破予告に？」

「ああ、それ、爆破予告じゃなくて撃墜予告だった」

マリオはあっさりと訂正した。

「結果は似たようなもんだけど、ハードレイクみたいな小さな空港に忍び込んでヴァルキリーみたいな飛行機に爆弾仕掛けるのと、手段を選ばずに撃墜にかかるんじゃ、相手の予算規模がかなり違う。そして、実際にいまだにどっから飛んできたのかもわからないような超音速戦闘機でこっちを追いかけてきたんだから、相当でかい、しかも資金力の潤沢な大組織がバックにいるんじゃないかと思うんだけど」

「ほんとに？」

美紀はスウに目顔で聞いた。ちらっとマリオの横顔を見てから、スウはうなずいた。

「横でモニターしてたんだもの。あの手際のよさは、単なる金目当ての電子犯罪組織やハッカーじゃないと思う。来たのは撃墜予告だけで、身の代金がどうとか、要求がなんだなんてことはなかったんだから」

合衆国内に限らず、世界中で近年もっとも増加率が高いのがネット犯罪である。そのほとんどは、目的となるコンピュータ内に侵入してデータを書き換えたり銀行から不正な入金を行なったりというものだが、原子力発電所に外部からアクセスしたテロリストがコントロールを握って合衆国政府に炉心融解の身の代金を要求したり、空軍基地に侵入して弾道ミサイルを乗っ取ろうとしたり、映画のネタにまで使われるようなものもある。

そして、重大な犯罪のいくつかは表に出ていないから起きていないことになっている、という噂は専門外の美紀でさえ何度も聞いていた。

「……それじゃ、なんでうちみたいな弱小に……」

美紀は言いよどんだ。彗星捕獲レースで一着で美紀がヨーコ・エレノア彗星に到着してから、スペース・プランニングは規模はともかく、無名の航空宇宙企業ではなくなっている。

「犯人を探すには、その犯罪によって最大の利益を得る奴を探せってのがミステリーの初歩だが」

操縦室のドアにもたれかかって、ガルベスは腕を組んだ。

「うちのヴァルキリーが墜ちたとして、あるいはうちが何らかの障害をくらったとして、誰が一番得をする？」

「……さあ？」

高空を巡航するジェットエンジンの轟音がキャビンを満たした。

「月並みな答えなら、同業他社だろうけど……」

「そうは思わねえな」

言われて、美紀はガルベスに顔を上げた。

「どうしてですか？」

「もし、うちが何かのアクシデントを起こせば、ダメージを受けるのはこの業界全体だ。動いている金額こそでかいから錯覚してるかもしれないが、宇宙産業ってのは航空業界全体の規模にして一パーセント、関わっている人間の数でいえばコンマ一パーセント以下しかいないんだぜ」

「それは……そうかもしれないけど……」

最初、国家が開発した完全再使用型の宇宙船が民間に払い下げられ、時を同じくして民生用の新型宇宙船の運用が開始されてから、国家の手によらない有人宇宙開発の時代が始まった。

しかし、すでに中古飛行機市場が形成されて長い北米大陸においてさえ、高価な宇宙機はそう簡単に手に入るものではなく、前世紀に比べて画期的に軌道への輸送コストが下がったといっても、それは地上間のコストよりははるかに高くつき、軌道上にまで手を伸ばしている宇宙企業は航空会社よりもはるかに少ない。

「まして、今は月より高い高軌道とはいえ昼間でも見えるような星ひとつ持ってきちまったから、自然保護だの訳のわからん宗教団体だのがうるさいぜ」

『機長より乗客の皆さんにお知らせします』

わざとらしいチャイムの口真似に続いて、操縦桿を握るチャンの声がキャビンに響いた。

『オークランド国際空港からの着陸許可が出ました。本機はただいま最終進入に入っております。席に着いて、シートベルトをお締めください』

腕時計に目を走らせて、ガルベスは操縦室に戻った。夜間飛行とあって、輝度が落とされたディスプレイが並ぶグラスコクピットの右側、戦闘機のようなコントロールスティックに改造された操縦席でチャンがスタークルーザーを操っている。

「大分慣れてきたようだな」

ガルベスは左側の機長席に入って四点式のシートベルトを締めた。ディスプレイに目を走らせて現在の状況を確認する。

「そりゃまあ、着々と飛行時間もたまってますし」

訓練の一環としてサンタモニカからオークランドまですべて手動《マニュアル》での飛行を命じられたチャンは、暗い機外から目を離さない。すでに眼下にはサンフランシスコ湾のまわりの街の明かりがひろがっている。

「夜だってんで、有視界進入は許可されませんでした」

「申請したのか?」

「いや、言ってみただけですけど」

「そりゃそうだろう」

ガルベスはディスプレイで自機の現在位置を確認した。着陸順番待ちの前後の飛行機の位置が、トランスポンダーによって表示されている。

「……ずいぶんと後ろの機体が接近してきているな」

ガルベスはヘッドセットをかけた。

「オークランド着陸管制、こちら最終進入中のスタークルーザー1だ。あとにくっついてる奴が接近しすぎてるように見えるんだが」

『こちら着陸管制、しばらく待て……安全距離を割ってるな。離れさせよう』

ふといやな感じがして、ガルベスは視界に入ってきた着陸進入灯の列と、その先の滑走路を見た。もう一度、液晶ディスプレイ上に表示されている付近の機体の位置関係図を見る。

「……こいつには後方警戒装置なんぞ積んでないか」

「なんです？」

着陸操作中のチャンはコクピットまわりの計器を見た。着陸脚《ランディング・ギア》はすでに降ろされ、ディスプレイ上で固定が確認されている。

「もし今、非常事態が起きたらどうする？」

「……どんな事態かによって対応は違いますけど」

とりあえず教科書通りに答えてから、チャンは機長席のガルベスの殺気に気がついた。右手で操縦桿を握り直し、左手をスロットルレバーにかけて自動設定を解除する。もう一度計器チェックを行ない、着陸進入中の自機には何も異常がないのを確認する。

「進入経路《グライドパス》をちょいと左にそれてみろ」

滑走路から進入してくる飛行機に向けて、着陸進入の目安になるようなビーコンが発射されている。見えない電波に乗って降りていけば、安全に滑走路に着陸することができる。

スタークルーザーは、オークランド空港に何本もある滑走路のうち27L、並行して二本ある滑走路の左側に向けて降下しつつあった。右側にそれると隣の滑走路に降りる飛行機の邪魔をすることになるから、ゆっくりと左側にスタークルーザーをスライドさせる。

ビーコンからはずれかけていることを示す警告音が、操縦室内に鳴りはじめた。

「しばらく無視してろ」

大型旅客機ならともかく、運動性能の高いスタークルーザーなら簡単に定められたグライドパスに戻ることができる。ガルベスは、滑走路の端から空中に放射される電波の通路《みち》から左にそれたスタークルーザーと、その前後に連なる着陸待ちの飛行機のトランスポンダーの列が表示されたディスプレイから目を離さない。

警告音が鳴りっぱなしの操縦室で、降下率だけは保ちながら、チャンはちらりと機長席のガルベスを見た。窓の外の滑走路は、少しばかりはずれた位置になっている。ガルベスはヘッドセットのマイクに手をかけた。

「……スタークルーザー1より着陸管制、後続機はどうなった?」

『ああ、注意しといた。自動操縦の調子がおかしいらしい。安全距離を再設定するから、しばらく待ってくれとさ』

「参考までに聞いときたいんだが……」

ガルベスは、トランスポンダー上に表示される後続機の動きを読み取ろうとした。簡単な矢印と、コードネーム、現在高度、速度などの数字とともに、ゆっくり移動するディスプレイ上では細かい動きを読み取ることはできない。

「後ろについてきてる機種は何だ？　こっちと同じビジネスジェットらしいが」

着陸管制塔のディスプレイには、コードネームだけでなくその機種まで映し出す機能がある。

『ちょっと待ってな。……ロッキード・スホーイのS－21だ』

アメリカとロシアの軍用機を専門とするメーカーが協同開発した、最初の超音速ビジネスジェット機である。

『ところで、そっちの機体も着陸経路からずれてるぞ。戻れないようなら復航して着陸待ちの列の後ろにまわってもらうことになるが』

「そりゃ気がつかなかった。失礼……」

ディスプレイの中で、後続機の現在速度の表示がいきなり跳ね上がった。

「……復航してやり直す。チャン、着陸中止、上昇しろ！」

言いながら、ガルベスはチャンが手を添えていたスロットルレバーを一気に最大出力域に押し込んだ。そこで止まらず、さらにレバーを上げてアフターバーナーに点火する。

急激なエンジン音の上昇とアフターバーナーの爆音は、スタークルーザーのキャビンを揺るがした。民間用ビジネスジェット機にあるまじき角度で、スタークルーザーは着陸進入路から急上昇した。

「いったい何よ⁉」

シートベルトをしていなかった上に自分のシートを後ろに向けていたスウが、悲鳴を上げて正面のマリオにダイビングした。反射的にスウを抱き止めたマリオは、シートに叩きつけられながら窓の外に目を走らせた。

「えらい勢いで上昇してる……」

急な上昇をかけたために飛んできたスウごと、マリオがシートに押しつけられる。

「……重い……」

「……なによ、それがレディに向かっていう言葉⁉」

スウはなんとか起き上がろうとするが、機首が天を向いている状態でシートに押しつけられているためにほとんど身動きがとれない。

「そのまま、しっかりしがみついてたほうがいいわよ」

シートを進行方向に向けていた美紀は、操縦席と比べるといかにも頼りないシートベルトを締め直した。

「何が始まったんだ⁉」

マリオに答えるように、キャビンのスピーカーのスイッチが入った。

『ミキ！　スウでもマリオでもいい、カメラ持ってる奴はいねえか⁉』

「カメラあ？」

気の抜けた声を上げてマリオの胸から顔を上げようとしたスウは、予想外の至近距離でしかめっ面《つら》のマリオと顔を合わせることになった。平静を装いながら、無理して美紀に顔を向けようとする。

「んなもん、何に使おうってんです？」

「さあ？」

『もしあったら、こっちに持ってきてくれ。しばらく振り回すから怪我しないように気をつけろ！』

「言うのが遅いって」

スウにのしかかられた体勢のまま、マリオは溜め息をついた。

「端末のカメラくらいしかないけど……」

美紀は、マリオとスウが折り重なったままの隣の席に目をやった。

「ある？」

「記録用のデジカムだったらあるけど。ええと、あっちのほう」

マリオは、キャビンの前のロッカーに目をやった。一瞬だけ水平飛行に戻ったスタークルーザーの上下がそのまま予告もなしにくるりと反転する。

「わあ！」

悲鳴を上げたスウが、とりあえず目の前のマリオにしがみついた。

「うくく……首を締めるなあ！」

上下が反転しているのに、またもマイナスGで床面に押さえつけられる。ワンタッチでシートベルトをはずした美紀が、インメルマンターン中のスタークルーザーの中で床を蹴って飛んだ。

「マリオ、スウのこと責任持って抱いてなさい」

「なんで⁉」「どうして⁉」

二人同時に抗議の声が上がる。

「でないと、この中転げまわって傷だらけになるわよ。マリオ、一生恨まれたい？」

大きくロールしたスタークルーザーが急旋回に入った。次にどの向きにどういう加重がかかるのかわかっているように、美紀はシートに手をかけてキャビンの前方に移動していく。

「なんで、こいつに一生恨まれなきゃならないんだ！」

「じゃ、根に持つわよ」

スウはマリオの耳もとにささやいた。げんなりした顔で、マリオは目の前でにっこり笑ったスウの顔を見た。

「がんばってね。二人きりにしといたげるから」

美紀はキャビン前方のロッカーから、ポケットサイズのデジタルカメラを取り出した。マリオが記録用に持ち歩いている高精細カメラである。

「待て、二人きりにしとくってどういう意味⁉」

「だって、いきなり操縦室に飛び込まれたら困るもの。それじゃ」

軽く手を振って、美紀は操縦室に入った。キャビンのドアが閉じられる。

「……何が始まったの⁉」

「よくわからないけど……」

スウに耳もとで叫ばれたマリオは、困ったように窓の外に目をやった。つかの間直線飛行に移ったスタークルーザーが、再び機首をもたげズーム上昇に入る。

「格闘戦《ドッグファイト》でもはじめたみたいな……」

「サンフランシスコの上空まで来て？　着陸寸前に？　なんで⁉」

「そりゃまあ、なんか追っかけて……」

マリオは押さえつけられているシートから身を起こそうと思って、あきらめた。スウを抱える格好になっているから、ろくに動くことができない。

「突然、追っかけられたんじゃないかなあ。……戦闘機相手だったら、勝てるかどうかわかんないぞ」

エンジンのパワーアップ、フライ・バイ・ワイヤーの操縦系統やCCV化などによって、スタークルーザーの運動性能は原型となったビジネスジェット機をはるかに上回る。しかし、それは一機で空を飛んでいるときの話であって、ガルベスのハードな訓練飛行でも異種機間戦闘訓練などは行なわれたことはないから、実戦経験はない。

「なんで⁉ どこの誰が、いったい何で追っかけてきてんのよ⁉」

「たぶん、それを確認するために操縦室がカメラ持ってこいって言ったんじゃないかと思うけど……」

マリオは、スウの顔を見直した。

「乗り物には強かったよな？」

「何の話？」

「ディズニーランドのジェットコースターが大好きだって言ってたよな。たぶん、そのどれよりも面白い体験ができるぜ」

あきらめたような溜め息をついて、マリオはスウの腰に両腕をまわした。

「どういう意味？ どこ触ってんのよ！」

「空中戦するジェット機に乗ってるんだ。素人に戦闘機動の予測なんかできないから、こうやって押さえつけとかないと、どこに飛ばされるかわからない。めったにない経験ができるぜ」

「ええ⁉」

「カメラ持ってきました！」

宝石をぶちまけたようなサンフランシスコ近郊の市街地が、フロントウィンドウの外で踊っている。

「録画開始してこっちに貸せ！」

右側の操縦士席で、スティックを握っているチャンがスタークルーザーを振り回しているらしい。機長席のガルベスが、ディスプレイに目を落としたまま手を出した。メインスイッチを入れてディスプレイで作動を確認した美紀は、小型サイズのカメラをガルベスに渡した。

「左側から回り込もうとしている！　こりゃ、旋回半径は向こうのほうが大きいな」

トランスポンダーが表示されるディスプレイで彼我《ひが》の位置関係を読み取りながら、ガルベスが指示する。

「高度を維持して左旋回続行、できるだけ小さく回り込め。機体強度にはまだ余裕がある！」

飛行機の旋回性能は、空力やエンジン推力よりも機体強度によるところが大きい。機体強度を超えるような加重がかかる旋回を行なえば、最悪の場合、飛行機が空中分解してしまう。

スタークルーザーは通常のビジネスジェットよりも高い機体強度を持つが、格闘戦じみた飛行を行なえるのは、ハードレイクに来てからの改造によってエアフレームが強化され、高い加重に耐えられるからである。

「録画開始してます。動画、最高画質！」

「上等だ！」

受け取った手のひらサイズのデジカムの動作を確認して、ガルベスは高速で流れる正面の虚空に向けた。夜空に、機首の着陸灯の強力なライトが二筋貫くようにのびている。

「また、後方警戒装置でも鳴ったんですか？」

「後続の機体だと思ったら、着陸前に詰めてきたんでな。ちょいと進路をずらしたら、ついてきた。まさかと思って着陸を中止するのと、仕掛けてくるのが同時だったぜ」

「さすが、戦争経験者は違う」

美紀は溜め息をついた。ときおり、ベテランが確たる理由もなしに、これから起こるトラブルを知っていたとしか思えないような対応をするのを目の前で見ることがある。

「で、射たれたんですか？」

「まだだ。あさっての方向にぶっ放したんでもない限り、ミサイルにもバルカンにもお目にかかってない。反転して高度をとれ、後ろに回り込むぞ！」

機長席と操縦士席のシートの背に両手をかけて、美紀は過剰な推力にものをいわせて垂直上昇に移ったスタークルーザーの加重に耐えた。

「後ろって……」

「営業中の国際空港の真上で空中戦やってるんだ。管制空域は可能な限り避けてるが、仕掛けてきた奴の写真くらい撮っておかないと、管制官が納得しないだろう」

美紀は、ガルベスが首にかけているヘッドセットのコードの行方を追った。通信機に差し込まれているはずのコードの先のイヤホンジャックは、バレルロールしながら機体を横滑りさせた操縦室の中で踊っている。おそらく、管制塔はスタークルーザーと、空中戦に参加しているもう一機を躍起《やっき》になって呼び出そうとしているはずである。

「気をつけろ。離陸してきたフェデックスの貨物機のすぐ後ろを横切るぞ」

「了解！　旋回率このまま？」

「このままで行け！　向こうは図体のでかい大型機だ、最接近時でも五〇〇は距離がある！」

ほとんど垂直に機体をバンクさせて右急旋回するスタークルーザーの正面に、航法灯と衝突防止灯を点滅させた旧型のジャンボジェットが上昇してきた。眼下のサンフランシスコ湾をバックに、大手貨物会社のマーキングが機体のライトで照らし出されている。ガルベスの指示を信用して、チャンはコントロールスティックを握る手の力を変えない。フロントウィンドウに滑り込んできた大型四発機がどんどん大きくなる。

「貨物機の後ろをかすめたら左に反転して斜め後ろにつけ、こっちのライトを切る」

「確信犯のニアミスの次は、意図しての航空法違反か」

美紀はつぶやいた。

「始末書、今何枚くらいですか？」

「そんなもんの勘定は生き延びてからだ。向こうがレーダーを使っているにせよ目視にせよ、これですこしは時間が稼げる」

上昇してくるジャンボジェットの向こう側に着くように機首を巡らせたスタークルーザーの操縦室で、ガルベスは航法灯、衝突防止灯、着陸灯など、機外のライトをすべて切った。

「もっとも、トランスポンダーがつきっぱなしじゃ、こっちの位置もむこうにだだ洩れだが」

「追いかけてくるのは？」

それまで最大出力域にあったスロットルレバーを落とし、オークランド空港から上昇するジャンボジェットに寄り添うかたちになったスタークルーザーの操縦室で、美紀が聞いた。

ガルベスは、様々な飛行機が入り乱れて表示されているディスプレイに目を走らせた。

「超音速ビジネスジェットだって話だ。直線ならともかく、今までの飛行を見る限り、旋回性能ならこちらが上だと思うんだが……」

美紀は、センターコンソールのディスプレイを覗き込んだ。着陸、離陸、待機中などの機体が入り乱れている空の上で、あきらかに一機だけ高速で接近してくる機体がある。

「敵機《ボギー》は一〇秒後にこちらの一〇〇〇メートル後方を通過する。タイミングを合わせてブレイクしてケツにつけるぞ」

「了解！」

スロットルレバーに左手をかけ、スティックを右手で握ってチャンが答えた。

「着陸灯を当てて写真を撮ってやれば、いい証拠になる。来るぞ、五、四、三、逃げるかこの！　右にブレイク、一七〇に針路をとれ！」

ディスプレイ上で敵機が単純な直線飛行を行なったのは、ほんの一〇秒にも満たない時間だった。そのまま大きく機首を巡らせ、上昇するジャンボジェットから離れるコースをとる。再び推力最大でロールをうったスタークルーザーは、戦闘機並みの推力重量比にものを言わせて強引に敵機の後ろを取ろうとした。

「気象レーダーじゃ、バックとれたかどうかなんてわかりませんぜ」

今夜のサンフランシスコ上空は晴れ、月齢は二四。目の前にいるのならともかく、直線で何キロも離れている小型機を夜空の中から見分けるのは難しい。

「ヴィクターが拾ってきた戦闘機用のフェイズド・アレイレーダーをこいつに載せるって話はどうなったんです？」

「とんでもなく電気を食うから、配電から見直し中だ。上昇角と推力を上げろ！　敵機との間に割り込んできそうな機体はない！」

ディスプレイで他の飛行機の動きを読み取りながら、ガルベスが指示した。

「管制塔からの情報が確かなら、奴はビジネスジェットの超音速巡航機《スーパークルーザー》だ。超音速ダッシュが精一杯のこっちじゃ追いつけないぞ！」

ロッキード・スホーイのアメリカ・ロシア合同チームと、わずかに遅れてフランスのダッソー社の発売により始まった超音速ビジネスジェット機は、必要とあらばその全航程を超音速で巡航することを前提に設計されている。高推力エンジンに換装されているとはいえ、もとが亜音速ジェット機でしかないスタークルーザーは、超音速のためには最大出力でアフターバーナーを焚《た》く必要がある。瞬間的な最高速度を上回ることはできても、燃料消費が激しすぎるので、そのままダッシュし続けることはできない。

「加速競争でこいつに勝てるビジネスジェットなんぞ、西海岸にいるわけがありません！」

チャンは今度は自分でスロットルレバーを押し上げた。アフターバーナーを点火した二基のジェットエンジンが、爆発的にスタークルーザーを加速させる。シートバックに手をかけて、美紀は直線的な加速に耐えた。

夜空の彼方に、オレンジ色の火球がひろがったように見えた。何秒か遅れて、爆音に似た衝撃波がスタークルーザーにまで伝わってくる。

「……自爆した？」

「いや……違う」

ディスプレイを見たガルベスは舌打ちした。

「おそらく向こうもアフターバーナーに点火したんだ。太平洋に逃げ出すコースで、一直線に加速してやがる」

「逃がすか！」

チャンはエンジン関係の計器に目を走らせた。二基のターボジェットはフルアフターバーナーで運転中、こちらの速度もすぐ音速に届く。

「……無駄だろうな」

スロットルレバーに手をかけたガルベスが、巡航出力にパワーを落とした。

「追い詰めてスピード競争してもいいが、おそらく向こうのほうが最高速度が速い。スタークルーザー1よりオークランド空港着陸管制、もう一度着陸許可を願いたいんだが……」

無線を復活させると同時に管制官の悪口雑言《あっこうぞうごん》がスピーカーから流れ出してきた。

「ああ、とにかく今から着陸する」

ガルベスは平然と無線に応じた。

「事情説明もなにも、顔を見てからでじゅうぶんだろう」

自家用機用の駐機スペースで、空港差し回しのミニバンが待っていた。スタークルーザーから降り立ったスペース・プランニング社員、および関係者は送迎というよりは護送という雰囲気で航空管制センターに連れていかれた。

「管制局に呼び出されたその足で、しかも夜間、市街地のど真ん中の上空で空中戦たあいい度胸だなあ」

「状況はそちらで見ていた通りだ」

ガルベスは平然と応じた。

「緊急避難と、必要なら正当防衛も成立すると思うが？」

オークランド管制センターは、太平洋の北半分のほぼ全域の航空管制を行なう、世界でも最大規模の航空管制センターである。しかし、自動化が進み、衛星連動のトランスポンダーシステムが完成しているため、その規模はコントロールすべき空域の広大さにくらべれば大きいとは言えない。

「後続機がそちらを撃墜する意図を持って接近してきたと、そう主張するのか？」

会議室で一行を待ち受けていたのは、二人の管制官だった。一人は今日の午前中、太平洋上でスペース・プランニング所属のヴァルキリーを航空管制していた管制官、もうひとりはつい先程オークランド空港上空で格闘戦を行なったときの着陸管制官である。

「そうだ」

航空管制よりもプロレスラーに向いているような管制官相手に、腕を組んだガルベスはうなずいてみせた。

「こちらが提供できるデータはすべて提供している。後続機の動きについては、そちらのほうが確実に把握しているはずだし、交信記録についてもそちらの記録のほうが確かだと思うが？」

「そいつには、はったりは通じんよ」

セコンドについているようなベテランの管制官は、慣れた手つきで使いこまれたブリーフケースを開いた。

「腕自慢の空軍で、飛ばし屋なんて二つ名をとった男はそうはいない。元気そうじゃないか、ガルベス大佐？」

怪訝そうな顔をしたガルベスが、年嵩《としかさ》の管制官の胸元のネームプレートに目を走らせた。

「ウェイス・コンラッド？　はて……」

「覚えていないのも無理はない。仕事のときはヤンキー・ダンディー、それからヘッジ・フォックスなんて名前も使ったっけ、ミスター・グーニイ・バード？」

軍で、主に合衆国外を飛ぶときに散々使ったコードネームを呼ばれて、ガルベスは思わず豪勢なバックレストから身を起こした。

「全滅コンラッド！　てめえか。特殊作戦航空団《スペシャル・ウイング》のいかさまチェス打ちがオークランドの主席管制官とはずいぶん出世したもんだな、おい！」

「知り合い？」

美紀が、隣のチャンに小声で聞いた。チャンは肩をすくめた。

「だろう。それも、察するところ、やばい仕事してたころのパイロットとオペレーターってあたりじゃないかな」

「事態は理解しているつもりだ」

コンラッドと名乗った細身の白人男性は、会議室の大きなテーブルにばさあっと航空地図を拡げた。ハードレイクのあるカリフォルニア・モハビ砂漠から、今朝ヴァルキリーがテスト飛行のために飛んでいた西海岸沖太平洋までがつなぎ合わされて一枚の大きな地図になっている。

「こちらのレーダーで捉えていた今朝の飛行経路はこれで間違いないか？」

地図上には、ハードレイクから離陸したヴァルキリーの飛行経路と時刻が逐一書き込まれていた。ガルベスは地図を一瞥《いちべつ》した。

「マリオ、チェックしてくれ。美紀も見ておけ、こちらの記録にある飛行経路はこれと同じか？」

「だいたい似たようなもんだと思いますが……」

自分のラップトップコンピュータを拡げたマリオが、ディスプレイとデスクに拡げられた地図を見比べた。ガルベスよりは若く見える管制官に顔を上げる。

「手書きですね」

「そうだ」

「なにか理由でも？」

「ハードレイクの車椅子《ホイール・チエア》オペレーターってのは君か」

コンラッドは親しげにテーブルの上に身を乗り出して、握手のために右手を差し出した。

マリオは戸惑いながら握手に応えた。

「マリオ・フェルナンデスです。今回のフライトに同乗していましたが……」

「切れ者だって噂が真実で嬉しいぜ。そのとおり、わざわざこんな図画工作までしたのはそれなりの理由がある。……ＧＧ、お前、いったい何を相手にしてるんだ？」

いきなり通り名で呼ばれて、ガルベスは引き連れてきたスペース・プランニングの一行と顔を見合わせた。

「さて？　空、空の上、うちの社長に骨董品みたいな飛行機と実験用みたいな改造機、いろいろと相手にしてるもんはあるが？」

「そういう話じゃない！　現場におれがいたからよかったが、今朝のお前の無謀飛行は緊急事態の宣言と合わせて、まるっきりの一人芝居ってことになってるんだ。意味がわかるか？」

とっさにはコンラッドの言葉が理解できずに、美紀は隣に座っていたチャンと顔を見合わせた。

「……つまり、管制局の持っている飛行記録が書き換えられた形跡があるってことですか？」

コンラッドはいまいましそうにうなずいた。

「オークランドだけじゃない。サンディエゴの海軍航空センターの記録も、まだ当たってないが空軍の防空システムのデータも書き換えられてる可能性がある。今朝の騒ぎに関しては、確かにこっちのレーダーにトランスポンダー込みで映っていた飛行データが、提出されているはずの飛行計画ごとどっかに消えちまった。今ここにひろがってる飛行経路は、あの時間に管制センターにいたスタッフが忘れちまわないうちに作ったものだ。ほんとだったら、こんなもんプリントアウト一発で済むはずなんだが、どこのどいつが仕掛けてきたんだか……」

「公的機関の記録文書の無断改竄《かいざん》だったら、犯罪になるはずですが?」

「もとの正しい記録があって、こいつが改竄された記録だって証明できるんなら話は簡単だ。だが、うちのスタッフだってぼんくらってわけじゃないし、あわてて参照しにいった海軍の緊急発進のデータまで消えてるとなれば、そりゃ少しは考えるぜ。どうやら雲の上の誰かさんが今回の事態を操ってるらしいってな」

「雲の上だ?」

ガルベスはわざわざ指先で明るい照明の並ぶ天井を差してみせた。コンラッドは意味ありげにうなずいた。

「痕跡どころか書き換えたってことすらわからずに、事実をねじ曲げて記録しちまう奴らだ。昔、現場を知らない私服組が必要とあらば事実さえ変えてみせるって言ってたが、今回の手口はそれに近いぜ」

「……どういうことだ？」

「こういうことだ」

コンラッドは、手書きの書き込みだらけのつぎはぎの地図の上に両手を拡げてみせた。

「たとえ事実がどうであれ、記録にも残らず、記憶されなければ、それはなかったのと同じことだ。そして、今の世の中は電子記録に頼りきりで、こいつは外部から簡単に書き換えが可能ときてる。ワシントンの公文書館が電子記録の保存とコピーで問題抱え込んだのは、まだ世紀が変わる前の話だ」

紙に書かれた記録でも改竄することは可能だし、特定のページを破棄したりファイルごと持ち去ったりして記録を紛失させることはできる。しかし、過去の記録の偽造となると様々な鑑識手段があるから、それによる制約を受ける。

電子記録は、記録媒体に微細に刻み込まれたデジタル信号でしかない。それは簡単に複製、消去、そして修正ができる。

莫大な資料を抱え込む公文書館、そして図書館が、その記録を磁気記録をはじめとする紙以外のメディアに移しはじめてもう長いことになるが、特にオリジナリティを重要視する公文書館において電子記録に関する問題が発生していた。そして、それはまだ解決されていない。

唯一の確実な情報の保存手段は、電子情報を紙に印刷して保存する、という当たり前のものでしかなく、しかも電子情報が改竄された場合は莫大なファイルと照らし合わせる作業が必要になる。

「……ヴァルキリーの飛行経路はそのまま記録されている。しかしこれを追跡したはずの超音速機の記録はすべて消されている、ということですか?」

マリオが確認するように言った。

「そうだ。あわてて空母から艦載戦闘機を緊急発進させたはずの海軍にも連絡をとってみたが、同じような答えが返ってきた。直接、空母に連絡とってみたいところだが、おそらく飛び出していったパイロットの報告を聞こうとしても同じことになるんじゃないかな」

「事実が、改変された、と?」

美紀はあまり認めたくない気分で聞いた。コンラッドはしかめっ面のままうなずいた。

「そういうことだ。簡単にできることじゃない。だが、いくらでも今までに行なわれたことがある。GG、いったいお前はなにを相手にしてるんだ?」

「さっきの着陸寸前の記録はとってありますか?」

なにか答えようと口を開きかけたガルベスにかわって、マリオがテーブルに身を乗り出した。

「もしあなたの話が事実なら、我々がさっき行なったオークランド空港上空の格闘戦も、スペース・プランニングのスタークルーザーの単独無謀飛行に書き換えられてる可能性がある」

「安心しな、坊や」

コンラッドはマリオに親指を立ててみせた。

「ジョーンズから報告を受けて、ネットワークにつながっていないレコーダーに三重に記録がとってある。メインサーバーの記録は書き換えられても、オリジナルのコピーは残ってるって寸法だ」

「確認してください」

マリオは落ち着かないように会議室の中を見回した。

「まだ、着陸前の格闘戦の飛行記録が改変されていないかどうか。そして、まだ改変されていないとしたら、これから誰かが書き直しのために侵入してくる可能性がある」

コンラッドはマリオの顔をしげしげと見直した。

「なるほど、さすがだ。聞いた通りだジョーンズ、管制局のオペレーターに連絡して、一時間以内の記録を確認させてくれ」

「ここのシステムは？　クラッキングに対する防火壁《ファイア・ウォール》はどうなってます？」

「国のシステムだぜ。通り一遍の防御策と、毎日チェックが入ってる程度だが」

「見せてもらえませんか？」

それまでデスクについていたマリオは、軽く車椅子をステップバックさせた。

「もし、まだ記録に手がくわえられていないのなら、そして相手が完璧を期すような手の込んだクラッカーなら、これからこちらにクラッキングしてくるかもしれません。現場を押さえられれば、どこの誰がどこからどうやって侵入してきているのか、捕まえられます」

「……そりゃそうだが」

コンラッドは、困ったような顔でデスクの反対側にいる一同を見回した。

「見学ならともかく、こんな時間に資格もない素人をセンタールームに連れ込めと？」

「主席管制官なら、その程度の権限はあるだろ？」

コンラッドが考え込んだのは、ほんの一瞬だけだった。

「よしわかった。時間最優先なのは確かだ。身許確認してる時間はないが、オブザーバーってことでレベルAへの入室を許可しよう。ジョーンズ、先に行ってゲスト用の最上級のIDをとってきてくれ」

「いいんですか⁉」

「この時間帯なら受付にうるさいおばさんはいない。先に行ってるから、センタールームの前まで人数分持ってきてくれ」

コンラッドは目の前の老若男女取り混ぜた五人の数を数え直した。

「IDは五つだ。急げ！」

地球の空は、そのすべてが世界各国に設けられた航空管制局の管制下にある。空港近辺の遊覧飛行ならともかく、空港の管制区外に出ていく機体はすべて飛行計画《フライト・プラン》を提出し、規定に従って管制局の指示によって飛ばなければならない。

オークランド管制センターは、日本列島とその太平洋側を担当する東京航空管制センター、那覇、マニラ、ポートモレスビーなどの飛行情報区と隣接し、太平洋北半分の大部分を管制する。西側の北米大陸と東側のアジア諸国、オセアニア諸国を結ぶ太平洋横断便、さらに軌道上に向かう宇宙飛行機《スペースプレーン》、太平洋上の移動発射台から打ち上げられるブースター、それに北米大陸に戻ってくる宇宙機は太平洋上空で大気圏突入するから、帰還回廊に対する航空管制もその業務に含まれる。

管制業務は自動化が進み、飛行機に対する管制情報はデータ通信で飛行機側に送られる。飛行機側の設備さえ整えば完全な自動化、無人化も可能なのだが、非常事態の対応、飛行規定などで人による交信が行なわれている。

「昔はいちいち口頭で進路、高度、速度を伝えていたもんだが、今はデータ通信として送られる。大陸横断できるだけの能力がある航空機ならたいてい自動飛行にも対応しているし、その気になれば離陸から着陸まで完全に無人で運用することもできるようになっているのはご存じのとおりだ」

航空管制本部の中枢とも言える管制センターは、暗く照明を落とされた部屋に何列ものブースがならび、闇の中に浮かび上がるレーダーコンソールに数十人のオペレーターが配置されている。キャリアと好みによって、高精度レーダーディスプレイではなくヘッドマウントディスプレイを被って業務を行なっているオペレーターも半数近い。

「昔とあんまり変わってないな」

ガルベスは、クリスタルパレスとあだ名される戦闘情報センターのように、闇の中に何重にも色とりどりの光が浮かぶ広いセンターを見回した。

「照明がつけば色々と器材が入れ代わってたり配線がのたくったりしてるのがわかるんだが、稼動状態で変化しているのはファンクションディスプレイの仕組みと数だけだ。昔はＣＲＴばっかりだったもんだが、今は平面と、それからレーザーホログラフを使った立体表示、あとはヘッドマウントディスプレイで直接目の前や中に立体映像を映し出すなんて方法もある」

コンラッドに先導されるように、一行はブースの間を抜けていった。ヘッドマウントディスプレイは大型のヘルメット状のものからサングラス程度に軽量化されたものまでオペレーターが使い慣れたものがばらばらに導入されており、ブースのディスプレイと併用しているものもいる。電子音にオペレーター側の返信が聞こえているが、センター内は意外に静かだった。

「ここがオークランド管制センターの中心で、太平洋の北半分の空はここでコントロールされているわけだが、実際に空を支配しているのは五台のスーパーコンピュータだ。二台が常に稼動し、三台がバックアップにまわっている。航空管制だけならひとつしか動いていなくても充分なんだが、ご存じのようにこの業界にはミスは許されないもんでな。また、うちのオペレーターどもは、万が一コンピュータがすべてダウンしても受け持ちの管制区をコントロールしきれるように訓練されている」

「昔はすべて人力でやっていたもんだが」

ガルベスのつぶやきに、コンラッドは暗いセンターの中で笑ったようだった。

「昔とは、空を飛んでる飛行機の数が一桁違う。前世紀なら太平洋側で超音速巡航するのは軍の偵察機くらいなもんだったが、今は旅客機だけでなく貨物輸送専門の超音速機だっているし、弾道飛行で空の上から落ちてくるスペースプレーンだっているんだ。ここでは高度一〇メートルをすっ飛んでく地面効果機《エクラノプラン》から高度一〇万メートルで大気圏突入《ブラックアウト》から抜けたシャトルの管制までやってるからな、空域の高さも飛んでる飛翔体の速度も多種多様になってる。全部人力で、オペレーターにストレスをかけないようにコントロールするにはこの五倍の人数が必要になるぜ」

「通常の状態なら、これだけ静かなわけか」

自分で車椅子を動かしながら、マリオは興味深げに各ブースを覗き込んでいる。

「そして、オークランド管制センターの真の中枢、五台のコンピュータ様が控えてるのがこの奥の間だ」

空調が効いたコントロールセンターとガラスで隔てられたクリーンルームに、五基のタワーが並んでいる。

「あの五つのスーパーコンピュータが、太平洋の北半分を支配している。順に、アン、ベティ、クララ、デイジー、エミリーだ」

「おお、エフレムのスターゲイザーの最新型が五台も……」

マリオがうっとりとつぶやいた。これだけ高性能なワークステーションは、ハードレイクにはない。

「現在メインで稼動しているのは、青いランプを点灯させている真ん中の二台、クララとデイジーだ。各コンピュータに飛行計画の提出から飛行終了までを受け持たせ、残りの三台がバックアップ状態でモニターしている。メモリーには電子化されている今までのすべての飛行記録がインプットされており、非常事態には必要に応じて今までの事故記録を検索、対応することもできる。もっとも、今までにコンピュータにすべてを任せなければならなくなったことはないがね」

「触れますか?」

マリオが聞いた。コンラッドは、室内に独立して五つ備えられているコントロールブースを指した。

「バークレーのエフレム本社でも作動状態はモニターされている。だいたいのメンテナンスは向こうからでもできるから、ここに人が来ることはほとんどないが、扱えるのか?」

「直接触ったことはありませんが……」

まるで手品師が指に準備運動させるように、マリオは両手を滑らかに開いたり閉じたりした。

「ネットワークを通じて、何度かお世話になったことはあります」

「チーフ！」

ＩＤカードを持ってきた大男がたまりかねたように声を上げた。

「部外者に、しかもこんなときに、うちの娘たち《シスターズ》を触らせるつもりですか⁉」

「見も知らない連中に、こっちの気がつかないうちに娘どもの中をいじくられるより、はるかにましだ」

ガラスの向こうのコンピュータ本体を見つめたまま、コンラッドは言った。

「気がついてるか、ジョーンズ？　外部からタッチできないはずの飛行記録を書き換えられるってことは、そいつはこいつを、こっちの気がつかないうちに狂わせることもできるんだぜ」

「そんな……」

「今、こっちに、こいつの扱いのうまいオペレーターは何人いる？」

「セレナと、あとクレディがまだ帰ってなければいるはずですが」

「呼び出せ。指導教官《インスペクター》がいたほうがいいだろう」

「必要ありません」

マリオは、チャンが専用のシートを外したブースに、自分の車椅子を乗り入れた。

「原理は理解してるし、こいつらがどうやって何を考えているのかは、だれかに教えてもらうよりも直接聞いた方が早いですから」

「なーるほど。インターフェイスは四系統、パターンなんか、ほとんどなんでも選べるのね」

マリオはぎょっとして、自分を囲む形に配置されたブースのコントロールパネルから車椅子を急後退させた。隣のブースから首を出したスウがウィンクする。

「てめえ、そんなところでなにやる気だ⁉」

「気にしないでいいわ、邪魔する気はないから」

笑顔だけ残して、スウは二つ目のブースに引っ込んだ。

「あなたがオフェンスで、あたしはバックアップよ。危なくなったら、助けてあげる」

「スーパーコンピュータなんか扱えるのか⁉」

「あら、あなたよりは慣れてると思うわ」

スウは、もう一度、ブースの後ろから顔を出した。

「エフレムのスターゲイザー二〇〇〇って、うちにもいくつかあるもの」

「……そーいや、スウのところは、お国がかりで予算がついているんだっけ」

「ガルベス？」

二人のやりとりを聞いていたコンラッドが、ガルベスに首を巡らせた。

「あの娘はどこのどなただ？」

「ジェット推進研究所《JPL》の惑星間生物学者だ。他にもいろいろやってるらしいが……」

「ハイスクールの子供にしか見えないんだが」

「確か、カリフォルニア工科大学《カルテック》で最年少のドクターらしいぞ」

「ほお？」

コンラッドは感心したようにガルベスに向き直った。

「モハビ砂漠の小さな空港で、ちまちまロケット飛ばしてるって聞いてたが、なかなか優秀な人材が揃ってるな」

「うらやましいか？」

ガルベスはにやっと笑ってみせた。

「いつでも、代わってやるぜ」

「いや、こっちにも優秀な人材は揃ってる。それに、地の果ての岩石砂漠で野蛮な生活ができるような体質じゃない」

「ああ、動き出した」

二つのブースの上で、作動開始を示すライトが点灯した。活発な打鍵の音が聞こえてくる。

「で、あの二人はどの程度のクラッカーなんだ？」

「知らん。ネットワークは専門外だ。美紀、説明してやれ」

「あ、はい、ええと……」

美紀は、目の前の最新型のスーパーコンピュータと、慣れた様子でブースに潜り込んでしまった二人に目を泳がせた。

「二人とも、それが仕事みたいなもんですから。特にマリオはハードレイクでずっとオペレーターとしての実務経験があって、不利な条件が重なっても、なんとかありあわせでその場をしのぐという技量は素晴らしいものがあります」

「誉め言葉になってないんじゃないか？」

チャンにささやかれて、美紀は肩をすくめた。

「たぶん、彼らがこれから目の前でその技量を発揮してくれると思いますけど。企業宣伝《プロモーション》なんてあたしの仕事じゃないもん」

「そりゃまあ、彗星を捕まえた女性宇宙飛行士《アストロノーティカ》だって一点で広告塔やらせようとした社長も無茶だとは思うけどね……」

「で、どうするの？」

一通りのシステム情報を読み取ったスウが、マリオに声をかけた。

「太平洋上をてんで勝手な方向に飛んでく飛行機全部、飛行場との直通回線、軌道上管制局との衛星回線、レーダー回線——常時これだけ大量の相手に回線つなぎっぱなしで動いてる機械相手に、生身のあたしたち二人だけで一体どうするつもり？」

「ぼく一人で充分だっていってるのに」

入力系統をチェックし終えたマリオは、左右と正面のコンソールに合わせて十面以上配置されているディスプレイの情報を見やすいように切り換えた。

「こうなるってわかってたら、オフィスからVRゴーグル《メガネ》持ってくればよかった。飛行機との双方向通信は、潜り込んでややこしいいたずら仕掛けるには細すぎるから、高速で大量の情報交換できる太い線を重点的にチェックする」

「国際空港同士の回線だけでいくつあると思ってるのよ！　太平洋上の空港だけじゃなくって、アメリカ大陸側の空港からだって次から次へと飛行計画が送られてくるし、軍用のフライトだってあるし、軌道上の飛翔体まで合わせたら……」

「通常のデータ通信には用はないし、送られてくるデータ全部を一人の管制官で見てるわけじゃない。不自然にデータ量の多い飛行計画でも混じってればともかく、特定の飛行記録《フライト・データ》呼び出して書き換えるなんて芸当は、一定以上の時間線をつないでいじくりまわさないと不可能なはずだ」

「当てはあるの？」

「一つだけ、一番簡単な方法があるんだけどね」

マリオの打鍵の音が止まった。

「作動記録《ログ》調べてみると、一日二回、メンテナンスをまかされてるエフレム社のバークレー本社が巡回チェックに来る。本体の供給だけじゃなくって中味まで面倒見てるエフレム社なら、もちろんコンピュータの中味に触れる最高権限持ってるから、記録の書き換えなんぞ簡単にできるわな」

「ちょっと待てえ！」

コンラッドが声を上げた。

「黙って聞いてりゃ、平気で物騒な話しやがって。それじゃ何か、昼間の飛行記録を気づかれないように書き換えたのは、他ならぬこいつの製造会社《メーカー》だってことか⁉」

「犯人の立場に立って、一番楽な方法を考えてみただけです」

マリオはこともなげに答えた。

「うちの会社が超音速巡航できる大型機を手に入れたからって、その迎撃のためだけにどっかからフォックスバットなんて戦闘機を持ってこれて、なおかつうちのシステムにあんなに簡単に足跡消した予告状を残せて――もし、これが前の長距離宇宙飛行のときにクラッキング仕掛けてきたとこと同じような組織なら、ワイルドカードを持ってるようなもんだ。わざわざ他から手のかかるクラッキング仕掛けるよりも、保守点検を受け持ってるところを抱き込んで細工する方が簡単です」

「……おまえの仕込みじゃないな」

ちらっと見たコンラッドに、ガルベスは眉をひそめた。

「どういう意味だ？」

「ああいう発想は、こっちの業界よりもカンパニーとか情報産業の人間に近い。どこであんなやり方覚えたんだ？」

「マリオは腕利きの魔法使い《ウィザード》だぜ。ネットワークってのは情報産業の手のものじゃないのか？」

「ええと、少し設定変えていいですか？」

ブースから、ワイヤレスのキーボードをひざに乗せたマリオが車椅子ごとバックして姿を現した。

「何をやる気だい？」

「もうすぐエフレムの定期チェックの時間です。ほんとうに向こうがその気でこっちのデータを書き換えにくるのなら、その前にトラップしかけて尻尾捕まえようと思うんですが」

「具体的には？」

「現在の稼動体制は、二基が当直で残り三基がバックアップですね。どれでもいいから今バックアップにまわってる一基をシステムから切り離して、エフレム社の定期チェックをその一基に肩代わりさせます。他の四基はそのまま作動させて、一基にかけるチェックの内容をこちらで監視していれば、他に影響を与えずにクラッキングの現場を押さえることができます」

「残り四つは定期チェックなしで稼動させるのか⁉」

「それと、さすがに一基だけでむこうに五基をチェックさせたと思い込ませなければなりませんから、そのための設定も必要です。まあ、たぶんこっちで勝手にそんなことやるのは運用規定違反でしょうが、もしエフレム社がシロだった場合には、これだけのことをやってなんの成果も得られない可能性もあります」

「チーフ！」

考え込んでしまったコンラッドに、ジョーンズが上擦った声を出す。

「いいんですか、こんな素人の言うこと聞いて！」

「自分が何をやろうとしてるかくらいはわかってるつもりだ。俺たちの仕事は太平洋の空を飛ぶ飛行機の円滑な運航。管制官はそのために独断を許されている。ゆっくり考えてる時間はないんだろ？」

「もし許されれば、囮《おとり》に使う一人の設定をいじる必要がありますから、一刻も早く決断していただいた方が」

「もし後で調査が入っても、今ここでどういう風にいじくったか誰にもわからないように証拠を消せるか？」

マリオは車椅子の上でコンラッドに片手を上げてみせた。

「信仰に誓って」

「よし、やれ」

「チーフ！」

「出ていくんなら今のうちだぜ」

コンラッドは部下に軽く手を振った。

「いなかったことにしてやる」

部下は、苦い顔でコンピュータルームを見回した。

「……わかりました。終わったら呼んでください、入口でだれも入れないように門番やってますから」

「ありがとよ」

「感謝します」

マリオはブースの中に戻った。サブモニターのひとつに、隣のブースからのメッセージが点滅している。

スウ：いつの間に宗教なんかはじめたの？〉マリオ
苦笑いして、マリオは返事をタイプした。

マリオ：生まれたときに洗礼を受けたらしい。教会に行ったことがないのは秘密だ〉スウ気がついて、ブースから顔を出す。

「だれを囮につかいますか？　アン？　それともベティ？」

「その手の使い方なら、エミリーがいいだろう」

コンラッドは即答した。

「うちで一番よく非常事態に当たる基体《マシン》だ」

「お借りします」

マリオは、コンソールのコントロールを五番目の基体、エミリーに切り換えた。隣のブースのスウが声をかける。

「なにか手伝うことは？」

「何をやるのかわかるか？」

「定時点検のための巡回チェックをエミリーに集中させて、他の四基に対するチェックを回避する。それから、向こうからのチェックプログラムには行なっているかもしれないデータバンク書き換えのための操作を分離して、それが成功したように見せかける。あたしに見当がつくのはそこまでだけど？」

「スターゲイザー二〇〇の扱いには慣れてるって言ってたな」

「うちの研究室でも使ってるもの。うらやましい？」

「これだから……」

マリオはおおげさな溜め息をついた。

「コンピュータの性能ってのは、スペックよりも使う人間の腕で決まるんだ。こいつなら、大手会社の定期巡回くらい一基で対応できる。まずは他の四基分のチェックをこいつ一基で引き受けるように回線設定の変更、それからエフレム社から飛んでくる通信に対応できるようなダミーのメモリーブロックを作る。おー、さすが、なんて記憶領域のでかさだ」

雑誌やインターネットのページ上でしか見たことがないようなスペックが目の前に展開されている。

「これなら、エミリーの中にダミーのアンからデイジーまで簡単に構築できるな」

「ダミーのシステム作って、回線回せばいいんでしょ。やろうか？」

溜め息をつく間だけ、マリオの返事が遅れた。

「やってくれ。こっちはエフレム社をだまくらかすシステム《ジェイル》を作らなきゃならない。……ほんとうに使い慣れてるんだろうな？」

「占有じゃないけどね」

ＪＰＬのスーパーコンピュータは、複数の研究室やミッションプロジェクトに同時並行で使用されていることが多い。各研究室にあるパーソナルコンピュータでは時間がかかりすぎるときに使われるから、限られた数のスーパーコンピュータを使うにはかなり激烈な競争に勝ち抜くことが必要になる。

「……暇になりましたな」

航空管制用のスーパーコンピュータ相手に作業をはじめた二人を見て、チャンが言った。

「あの二人がブラックボックス相手にゲームはじめたら、一般市民としてはやることがなくなりますな」

「暇になっただ？」

コンラッドがわざわざ聞き直した。

「お前さんたち、なんのためにここまで来たのか忘れたのかい？　無謀飛行に関する事情聴取はひとつも終わってないんだ、時間があるうちに報告書作成に協力してもらうぞ」

チャンは美紀と顔を見合わせた。

「そーいやそうだっけ」

「さあ急げ、でないとさっきの空港上空の戦闘記録まで消されちまうかもしれないぞ」

バークレーにあるエフレム社の本社と、オークランド航空管制局とは専用回線で常時結ばれている。すべてのスーパーコンピュータの運転状況は常時エフレム社側でもモニターされ、一二時間ごとに定期点検が行なわれる。

「定期点検ったって、全部で一分よ？　いくら光ファイバー直結してるったって、なんてデータ量流してるの？」

「まあ、こっちの五基がそれぞれ自己診断プログラム走らせてて、それぞれのチェックと総合チェックするだけだからな。双方向でデータ交換して、それぞれ異常の報告がなければそれでおしまいだし、だいたい自分でなんとかできないようなエラーが起きれば、即座にエフレム社に報告が行くようになってる。こんなもんだろうたあ思ってたが、一基だけで世界中の空を相手にできるようなスーパーコンピュータを三基もバックアップに立てて、ここまでやっておけば、安心して寝てられるか」

「そうでもないぜ」

コンラッドはマリオのブースの後ろに立った。

「どこでいつどれが狂い出し、こいつらのやることだからだれもそれに気がつかないなんて事態もあるし。幸いにして実用に稼動してからはそんなことは起きてないが、テスト段階では五基が揃ってフリーズしたり、てんで勝手な指示出して暴走したりなんてこともあった」

「……それは、ご苦労様で」

スーパーコンピュータの膨大なプログラム領域をちらっと考えて、マリオはそれだけ言った。

「定期点検はほぼ一瞬で済みます。作動状況がエフレム社でモニターされてるとして、こっちがなにをどう記録したのかは向こうに筒抜けですから、それに対するクラッキングはもうとっくに向こうで計画され、定期点検に紛れ込んでると見るのが正しいと思いますが」

「つまり、敵の罠はすでに仕掛けられ、こいつの保守点検を受け持ってる会社でその出番を今や遅しと待ち構えている、とそう言うのかい？」

「そう考えるのが一番自然だと思うんですけどね」

それまでタッチパネルの上を走らせていた指を止めて、マリオは車椅子のバックレストにもたれかかった。

「通常の点検プログラムに対するインターセプトの態勢は整えました。ダミーの飛行記録が合わせて五基分、それからそれぞれの点検プログラムに対しても異常なしの返答が行なわれます。そして、おそらく点検プログラムに紛れ込んできたクラッカーによって、メモリーの書き換えは一瞬にして行なわれるでしょうから……」

「その一瞬で、クラッキングに対する逆探知を仕掛ける」

マリオは、コンラッドにうなずいてみせた。

「向こうが、どれだけこちらの思いどおりに仕掛けてきてくれるかわかりませんが、たぶんこちらがこんな態勢を整えているとは思っていないはずですから」

「あと三〇秒で定期点検よ」

隣のブースから、ディスプレイに表示されている時計に目を走らせたスウが声をかけた。

マリオは、一時的なシステム変更によってエミリーに集中されているエフレム社との直通回線をチェックした。

「今のところ、こっちのシステム変更は向こうには気がつかれていないはずです。こいつが終わったら、このシステム変更は運転記録《ログ》ごときれいさっぱり消しちまいますから、こっちがなにかやったかどうかも残りません」

「あと一〇秒」

スウの声を聞いて、美紀は自分の腕時計に目を落とした。機械式の旧式なクロノグラフは、ネットワークに組み込まれて定期的な修正を受ける時計ほどの精度はない。文字盤の中の小さな秒針は、確実な動きで時を刻み続けている。

「来ます、五、四、三、二、一、ゼロ」

美紀はクロノグラフに組み込まれているストップウォッチの秒針をスタートさせた。

変化が起きたのは、マリオとスウのブースのディスプレイだけだった。保守点検を担当するエフレム社と常時接続されている専用の光ファイバー回線から、定期点検のためのデータプログラムが流れ込んでくる。

定期点検は、五基のコンピュータに時間差で行なわれる。全領域を点検するのにかかる時間はおよそ一〇秒、最後にシステム全体のチェックが行なわれ、定期点検にかかる時間は一分ほどである。

「表から見てる限りでは、通常の点検と変わってるようには見えないが……」

マリオは、ディスプレイ上を高速で変化しながら流れていく精緻《せいち》で立体的なモザイクから目を離さない。

「おそらくこの裏に、色々と仕掛けがしてあるはずだ……動いた！」

流れ込んできた点検プログラムに対して、仕掛けられていたトラップが反応した。通常なら点検だけの記憶領域に対して、何らかの書き換えが行なわれた場合に反応するようにセットしておいたフラグが立っている。

「こいつだ！　残り四基分を書き換える前に押さえるぞ！」

点検プログラムは、エミリーの中に仮想構築された五基分のコンピュータの中で順調にスケジュールを消化している。

「トロイの木馬ね。でも、なんて大きくて早いウィルスなの。どこ狙ってるのか知らなかったら、見てても見逃したかもしれない」

「当代最高速のコンピュータ五基も出し抜こうってんだ。おまけに仕掛けも残さずにやり逃げしようってったら、この程度は作り込んでくるだろう。ふん、定期点検なんぞインターセプトされないと思って簡単に作ってやがるな。仕掛けはともかく、やることた単純だぞこいつ」

エミリーの中に構築された架空のコンピュータシステムに対する点検と同時に、隠されたプログラムが活動を開始し、その飛行記録に関するデータを書き換えはじめた。ディスプレイ上に映し出されていたスタークルーザーの飛行記録、及びその前後の着陸機に関する記録までが細かい数値ごと書き換えられていく。

「ほー、一機分の記録消去するだけかと思ったら、きっちり前後のつじつままで合わせて、時間やポジションまで変更してやがる。内部に手引きしてる奴でもいるのかなあ。それとも、この手のつじつま合わせに慣れてるのか。こういう書き換えってのは、そっちの業界じゃよくやることなんですか？」

コンラッドはわざとらしく周りを見回して、ガルベスに睨みつけられた。

「お前の受け持ちだろ？」

「そりゃまあ、上に報告する書類を破綻してるのがばれない程度にはいじくることはあるが、こんな電子記録まで書き換えちまうのは同業他社の営業妨害でもなければ……」

言いよどんだコンラッドに、ガルベスが突っ込む。

「同業他社の営業妨害なら、やるわけだな」

「ビジネスの内容選べるほど恵まれてねえ。もっともネットワークの活動は専門の部署があるから、詳しい仕事内容までは知らないが」

「電子の世界の諜報活動ってのは、わりかし有名な話ですけどね。ラッキーだ、こいつ不測の事態に備えてたぶんリアルタイムで潜り込んできてやがる、行け、逆探知！」

「あと二〇秒で定期点検終了するわよ」

ちらりとカウンターに目を走らせたスウが告げた。マリオがエミリーに構築したワークステーションの中で、潜り込んできた隠しプログラムが活発に活動している。

「大丈夫、一〇秒あればサーバーまでたどれるはずだ。あとはこっちからルート固定しちまえば、相手の仕事場まで行ける。傍目《はため》気にしないで一気に仕事やり逃げされたら、時間が足りなくなるが……やっぱりだ、こいつはエフレム社にさらに外部から潜り込んできてる。通常の回線じゃないから、これなら簡単に侵入経路たどれるぞ」

マリオは、それぞれの経由ポイントを世界地図に重ね合わせた。エフレム社のセントラルコンピュータを含むネットワークから、地上の情報ハイウェイを通じていくつかのワークステーションと民間の情報配信サービスネットを経由した侵入ルートが、高速でディスプレイ上に描き出されていく。ルートは、回り道したり戻ったりしながら北米大陸東海岸に向かい、そこからいきなり高軌道上の情報通信衛星に打ち上げられた。

「定期巡回チェック、最終シークエンスに移行。予定どおりならあと一〇秒で終了して切れるわよ」

「あと一〇秒だな。一気に追い詰める！」

経由データによれば、あと数カ所は中継地点があるらしい。マリオは、エフレム社からの定期チェックが切れた後は別ルートで逆探知を続行できるように、システムを切り換えた。

「定期チェック完了、全システム異常なし、欠損なし、稼動状態はすべて正常。……嘘ばっかり」

スウはエフレム社に送り返されている検査結果から目を離さない。定期検査はすべてのシークエンスを終了し、エフレム社からの直通回線は自動的に切断される。

「どうやら定期チェックを騙すのは成功したみたい。全シークエンス終了、切れるわ」

「切っちまって大丈夫だ。衛星回線から先のルートはこっちでホールドした。逆探知続行しますか?」

「やってくれ」

コンラッドは答えた。美紀はクロノグラフのストップウォッチ秒針に目をやった。ちょうど一分をまわったところである。

「今回を逃したら、次があるのかどうかもわからないんだ」

「了解。逆探知続行します。しかしまあ念入りに、一体何カ所経由すれば尻尾捕まえられるんだか……」

大西洋上の静止衛星に打ち上げられたルートは、ポルトガルの西端に降下した。マリオは、次々とその先に進んでいくルートをヨーロッパが中央に移動した世界地図上で見ながらその総延長を確認した。いくら高速のコンピュータを使っていても、その通信速度は光速度を超えることはできない。あまり遠距離を経由しすぎるとタイムラグが大きくなるから、即応性が重要視されるクラッキングはそれだけ難しくなる。

西ヨーロッパからいちど東ヨーロッパに入り込んだルートは、中東に入る寸前で再び軌道上に打ち上げられた。降下したルートを探すようにしばらく逡《しゅん》巡《じゅん》してから、ディスプレイ上のルートは再びヨーロッパに戻ってきた。まっすぐにその一点を目指し、バルカン半島とイタリア半島の間、アドリア海の奥深くで停止する。

「たどりついた！」

マリオが声を上げた。

「ここだ。こいつが最終発信場所、エミリーだけじゃなくて他の四基ごと記憶を書き換えようとした奴の発信場所だ！」

マリオは、突き止めた発信場所のアドレスの存在地を検索した。

「確か、この配列はヨーロッパだけど、こりゃかなり古いアドレスだが……出た！　ヴェネツィア？」

「ヴェネツィアだと？」

ガルベスとコンラッドがマリオのブースを覗き込んだ。マリオが聞く。

「わかりますか？　どこです？」

「ヴェネツィアって、商人がいたり死んだりするヴェネツィアか？」

「内陸部に移ったガラスの生産地だ。ヴェネツィアって言えば、水没都市だぜ」

「水没都市？」

「……平均海面の上昇で沈んだ街よ」

ストップウォッチを止めた美紀がつぶやいた。

「むかしから地盤沈下していたところに、海抜高度が上昇したおかげで先進諸国の主要都市で最初に海に沈んだ街。もとが海の上に作られた都市だったから、ニューヨークみたいに堤防作ったり、上海みたいに内陸部に移転したりできなくって、結局水没した。まだ建物の二階から上は沈み残ってるから、無理やり住んでる人もいるし、船上生活者や遊覧船も多いけど、都市機能は失われてるはずよ」

「だが、電話も電気も通じてるし、ホテルも残ってる」

どこからか、コンラッドは巨大な地図帳を持ち出してきた。イタリア半島を捜しだし、アドリア海の奥のヴェネツィア周辺の地図をひらく。

「回線さえつながってれば海の底で仕事中の潜水艦からだって、他人さまのコンピュータには潜り込める。どこだ？　クォーターマイル四方にまで絞り込めるんなら、国際刑事警察《インターポー》機《ル》構に連絡して現場に踏み込めるぞ」

「……無駄でしょうね」

それまでいろいろとコンソールを操作していたマリオは、あきらめたようにブースからわずかに車椅子を引いた。

「スタートは衛星回線、静止軌道上の通信衛星に直接通信プロトコルを打ち上げてます。このドメインはヴェネツィアってことになってるけど、アフリカ上空のファイブカードに直接通信波を上げられるのなら、発信者本人は必ずしもヴェネツィアにいる必要はありません。極端な話、そこにアンテナさえ置いておけば、地球の裏側からだってここまで来れるんだから」

「ファイブカード側から発信地点を絞り込めないのか？」

「静止軌道の通信衛星に直接逆探知用のレーダーをセットできるんならともかく、ただの通信衛星は個人用の通信がいちいちどのポイントから上がってきたかなんて気にしませんよ。……確か今朝うちに来た爆破予告はこいつを経由してたかな？　発信源がヨーコ・エレノア彗星の採掘基地なら、軌道回線を使ってるのは間違いないんだが……」

「なにもんだ？」

ガルベスはブースの中の様子を覗き込んだ。多面のディスプレイが配置され、各種のインターフェイスがあるブースの内部は、ハードレイクにあるマリオの電子の要塞に近い。

「相手の正体ですか？」

「そうだ。前に、やり口やメッセージの内容、くせやルートの選び方、プログラムの組み方を見れば、そいつがどんな奴かわかるって言ってただろ」

「そうでしたっけ」

溜め息をついて、マリオはブースのディスプレイに向き直った。頭を切り換えながら関連情報をディスプレイに表示する。

「……ええと、昨日今日この稼業をはじめたクラッカーじゃありませんね。かなり年季の入った古手で、しかもこの手の仕事に慣れてる。電子犯罪のプロかもしれません。ＦＢＩのブラックリスト当たった方が早いかもしれませんよ」

「電子犯罪のプロ？」

美紀は眉をひそめた。

「それって……」

「ブラックリストにすらのってない可能性の方が高いだろう」

コンラッドが口を挟んだ。

「国家機密どころかコングロマリットの最高機密《トップシークレット》すら盗み出して商売のネタにする連中だぜ。連邦捜査局のデータバンクに潜り込んで、重要資料を書き換えることくらい日常的にやってるんじゃないか？」

「単独犯か？　それとも組織か？」

ガルベスがさらに訊いた。

「組織でしょう。単独犯にしちゃ手際もよすぎるし、規模も仕掛けも大きすぎる。……似てるな」

「なにに？」

「地球から一〇〇〇万キロも離れた宇宙船にクラッキングかけてきた連中の手口に、ですよ」

「あいつか？」

チャンは、つい何時間か前に法廷で見たばかりの貧相なデブの顔を思い出した。コンピュータを悪魔じみた手際で扱い、電子世界で何でも思いどおりの魔法を使う知性的な犯罪者のイメージとは、それはずいぶんとかけ離れていた。

「いや、今日の裁判のあれじゃない。知ってのとおり、航行中の宇宙船に対するクラッキングは複数の犯人が世界中からいろんな手を使って仕掛けてきていて、少なくともどんな手法でどこの防火壁《ファイア・ウオール》が破られたかは、同業者の間でちゃんとデータベースができてる。その中で、まだ捜査続行中の捕まっていない連中のなかに、こんな手の込んだ迂回路《うかいろ》を使って潜り込んできて、しかも長距離衛星回線を経由することによるタイムラグまで計算してクラッキングに成功した奴がいるんだ」

「……可能なの、そんなこと？」

美紀は大きく目を見開いた。経由する場所が多くなり、距離が長くなるほど逆探知される可能性は薄れるが、それだけ即応性も落ちる。タイムラグまで計算したクラッキングとは、相手がとるであろう対応策をあらかじめ予想し、それに対するプログラムを転送しながら、さらに奥に入り込んでくるような手口を意味する。

「できる？」

マリオは相手をスウに変えた。挑発でもなんでもない、純粋な質問にブースに向いていたシートをターンさせたスウは肩をすくめて首を振った。

「残念ながら、時間を操れるほど器用じゃないわ。あなたこそどうなの？」

「予知能力持ってりゃ、この仕事やっててこんなに苦労しないぜ」

「そりゃそうでしょうね」

「つまり、時間を操ったり予知能力を持ってたりしないとできないような技なの？」

マリオはスウと気まずそうに顔を見合わせた。

「まああとは、魔法を使うとか、魔神を召喚するとか、水晶球を見るとか、色々と手はあるけどね」

「つまりだ」

コンラッドはブースの外壁に片手をついた。

「お前さんたちの話を総合すると、敵は勝手に世界の空を何がどこに向かって飛んでいるのか調査できるような情報収集能力と、その結果何が起きたかを自由に改変できるような情報操作能力を併せ持っていると、そういうことか？」

「それだけじゃないぜ」

ガルベスは一同の顔を見渡した。

「マッハ三を超えるような超音速迎撃機を、しかも対空ミサイルのような実戦装備で運用できるだけの力もある。……わからんな、これだけの力があるのなら、ぽっと瞬間的に名前が売れたようなうちをわざわざ相手にしなくとも、いくらでも効果的なことができるだろうに」

「……他も、似たような目に遭ってるのかな？」

チャンがつぶやいた。コンピュータルームの全員の目が自分に集中したのに気がついて、あわてて続ける。

「つまり、同業他社の航空宇宙産業にも、同じような爆破予告、ないし業務妨害の予告が来てるんであれば、ようするに、こいつが狙ってるのがうちの会社じゃなくて航空宇宙産業そのものだとすれば、少しは納得しやすいんじゃないかなって、ははは」

「確認してみよう。電話はあるか？」

しかめっ面のまま、コンラッドは壁のコミュニケーション・パネルを指した。管制センターの奥深くでは、携帯端末は通じない。

「＃2で外線につながる。どこに聞くんだ？」

「一番手近なVIPだ」

壁に歩み寄ったガルベスは、受話器をとってタッチパネルに触れた。電話番号を打ち込みはじめる。チャンは小声で美紀に聞いた。

「手近のVIPって誰だろ？」

「ガルベスのことだから、防空司令部の将軍だったりするのかしら」

「ジェニファーか？　ガルベスだ」

「うちの社長!?」

「ああ、まだオークランドで足留めくらってる。どれだけ急いでも、そちらに帰るのは夜が明けてからになるだろう。用事を頼みたいんだが、いいか？」

ジェニファーは、誰もいないスペース・プランニングのオフィスで受話器を当てる耳を変えた。

「ごめんなさい、今もう夜が遅いから、ミス・モレタニアもヴィクターもいないのよ。頼みのマリオはそっちで一緒でしょ」

『社長に、頼みがあるんだ。同業他社の上層部に連絡をとって、今朝うちに届けられたような撃墜予告、あるいは社屋等の爆破、業務妨害や犯行目的のわからないテロがあったかどうか調べてくれないか？』

「そりゃ、あたしにできることならやるけど……あたしがやるの？」

『用件が用件だ。社長が直接聞く方が早いだろう。こっちの状況を話してもいい』

「わかった」

ジェニファーは壁の二四時間表示の世界時計を見上げた。西海岸はもう深夜だが、この業界はおおむね二四時間体制で動いている。ヨーロッパの会社なら通常業務も開始されているかもしれない。

「で、なんでそんなこと聞かなきゃならないの？　一応、向こうのセキュリティに関するデリケートな質問になるんじゃないかと思うんだけど」

『敵の規模が予想外に大きそうなんでな。うちみたいな小さい会社だけじゃなく、大手もターゲットにされている可能性があるんじゃないかってことだ』

「噂は聞いてないけどねえ」

言ってから、ジェニファーはこの三六時間ほど、ろくに業界内のネットによるゴシップ程度の情報収集もしていないことに気がついた。

「わかった、なんとかしてみるわ。で、どこに連絡とればいいのかしら？」

『オービタル・サイエンス、コロニアル・スペース、カイロン物産あたりなら聞き易いだろう。昔の別れた旦那の情報網でも使ってくれ』

「勘弁してよ」

五〇〇マイル離れたサンフランシスコからの電話に、ジェニファーは情けない声を上げた。

「またあんなのに、しかもこっちから連絡とらなきゃならないの？」

『手段を選んでられるほど、時間の余裕があるかどうかわからん。どうせ彗星からの資源採掘作業に関する打ち合わせで、顔は合わせてるんだろう』

「できるだけ見ないようにしてるわ」

『早めに何かわかったら連絡してくれ。ここの電話番号は……』

『オークランド管制局のメインコンピュータルームの直通番号を部外者に教えろってのか？』

「長くかかりそうね」

伝達された番号をメモしながら、ジェニファーは言った。電話を切って、溜め息混じりに誰もいないがらんとしたオフィスを見回す。調子の悪いエアコンと、いつでも稼動しているマリオのコンピュータシステムの音だけが聞こえている。

「あーあ、留守番なんて殊勝なこと考えないで、とっととアメリアズ行って飲んだくれてればよかった。どーしよーかしら」

少し考えてから、あきらめてワイヤードの古風な電話機を応接セットに持ち出して傷だらけのテーブルの上に置く。今時、回転式のダイヤルとしばらくにらめっこをしてから、ジェニファーは意を決したように電話番号のダイヤルを始めた。

「あのやろ、まだこんな電話番号使ってるのかしら」

お決まりの使用中止メッセージが流れるかと思った受話器は、高速で切り換えられる中継器の雑音《ノイズ》の後に呼び出し音を鳴らしはじめた。

「あら、つながった」

次に考えるのは、この電話番号がすでに新しいオーナーに割り振られている可能性である。ジェニファーは、間違い電話の相手がどこでなにをしているのか考えて、とっくに西海岸時間で午前零時をまわっている世界時計を見上げた。

「東海岸につながったりするんじゃないわよ……」

鳴らしすぎて、人様に迷惑かける前に切るタイミングを考えかけた頃、眠そうな声で相手が出た。もごもごと聞き慣れた広東語の寝言が聞こえてくる。色々と後悔と後ろめたさを感じながら、ジェニファーはできるだけ感情を出さないように注意しながら口を開いた。

「あらごめんなさい、ひょっとして寝てたかしら？」

『ジェニファー!? 何で君がこんなところに……』

電話の向こうの声が、一発で聞き慣れた少しくせのある米語《スラング》に戻った。ジェニファーはテーブルの上の旧式な電話機に目を走らせた。

「ごめんなさい。うちの電話機じゃ、あなたがどこにいるのかわからないのよ。まだこの番号使ってたのね」

『そりゃあもお、いつどんな電話が君からかかるかわからないからね、こうして肌身離さず電話を持って待ってるさあ』

今すぐ電話を叩き切ってやりたい衝動にかられながら、ジェニファーは努めて平静を装って話を続けた。

「あら、この番号って、カイロン物産のＶＩＰ用の緊急連絡回線じゃなかったの？」

『君からの電話以上に緊急な用件なんかあるもんか。わかった。急いで仕事を片付ければあさってにはそっちに戻れると思うから、ロサンゼルスのナチュラルフードレストランで……』

ジェニファーは、電話がつながったときから感じていた違和感の正体に、やっと気がついた。

「あなた、いったいどこでなにやってるのよ⁉　また火付けか死の商売やってるんじゃないでしょうね⁉」

返答が戻ってくる前に、苦笑いするような間が空いた。会話に生じる微妙なタイムラグから考えて、衛星を経由しなければならないような地球の裏側にでもいるらしい。

『かなわないな、君には。僕がそんなことしてるわけがないじゃないか』

「信じられると思ってるの⁉　あなたがどこでなにやってるのか、あたしが全然知らないとでも思ってるわけ⁉」

『大丈夫、今回はそんな仕事じゃない。成功すれば君にも説明できると思うけど、今回は君の会社も恩恵に預かることができると思うよ』

「……なにやってるのよ」

ジェニファーの声が低くなった。

「そうよね、最初に気づくべきだったかもしれない。うちみたいな弱小に撃墜予告が送り込まれてくるくらいなんだから、あなたのところなんか、もっと本格的な業務妨害受けてたっておかしくないものね」

電話の向こうの劉健《リユウケン》が舌打ちしたようだった。

『やっぱりそっちもか。なにされたんだ、無事か？』

「無事よ。今のところはね。あなたがくれたあの怪獣みたいなヒコーキが、太平洋上で超音速戦闘機に追いかけまわされたりしてるけどさ」

『とにかく下手に動くな！』

　突然、劉健の口調が変わった。

『いいか、これは会社同士だけの問題じゃない。君と君のところのスタッフの命にも関わる問題だ。あいつらは目的のために手段を選んでいるような悠長な連中じゃないぞ！』

「……どこでなにやってんのよ」

　ジェニファーの声が冷たくなった。

「て言うことは、あなたのところもすでに何らかの業務妨害を受けていて、とっくにそれに対する行動を開始してるってことなのね。白状しなさい！　いったい、どこでなにやってるの！」

『勘弁してくれよお』

　劉健に泣きが入った。

『おれ、しばらく寝てない上に、この仕事がいつ終わるかわからないんだぜえ』

「どこでなにやってるのよ」

　ジェニファーの声がさらに冷たくなる。

「あたしがどこでなにやってるのか知ってるでしょ。かけた番号はわかってるんだもの、通信相手の発信地点を特定する方法なんていくらでもあるのよ」

『……それを聞いてどうするつもりだ』

相手が折れる気配を感じて、ジェニファーの口もとに笑みが浮かんだ。

「そうね、あたしがわざわざあなたに電話したのは、あなたがどこでなにしてるのか聞くためじゃないわ。うちのごろつきどもがいろいろと厄介なことになってるのよ。こっちのことはこっちで済ましてあげるから、何が起きてるのか教えてくれない？」

ジェニファーは、おそらく地球の反対側ほども離れた場所にいるはずの劉健が、どんな顔をしているか簡単に想像できた。

『君のところにまで犯行予告が来たのなら、ある程度の予想はついてるんじゃないのかい？』

勝った、と思ってジェニファーは微笑んだ。気取られないようにはったりを続ける。

「もちろんよ。でも、あなたの口から聞いてみたいわ。どうなの？　敵の組織の資金源ぐらいは突き止めてるんでしょうねえ」

電話回線を、衛星回線特有の微かな雑音が支配した。こうなると、あとは相手の出方を待つしかない。相手に先にコールさせるのが、ジェニファーの手だった。

『……なにをどうやって、うちのじいさまが考えを変えたのかわからないが、去年の今頃まで、どうして宇宙産業に手を出さなかったのか、わかるかい？』

ジェニファーは、溜め息をつくふりをして考えた。

「あなたのところの商売哲学の話？　地に足がついてないと商売してる気にならないってのはあなたの台詞だったっけ？」

『商売ってのは、商売相手がいるところでなきゃ成立しない。商売相手がいるとわかってれば、そりゃ御先祖さまは砂漠の彼方だろうが海のむこうだろうが出かけていったらしいけどね。そして、少なくとも地球の上ならばどこにだって商売相手とネタはある。ところが、宇宙空間てのはご存じのとおり本来何にもないはずの場所だ。手間と金をかけてやらないと、そこは商売できるような場所にはならない』

「最初に言ったはずよ、あなたが考えているような商売ができる場所じゃないって。悪いけど、長話に付き合ってるほど暇じゃないの。よかったら手短に済ませてもらえないかしら」

『手短にね……。それじゃあ、結論から聞かせてあげよう。奴らは、電子上だけでなく、空の上から地球を支配しようとしている。正確に言えば、支配しようとしているのは経済だけで、空の上になにがあるのかとか、これから地球がどうなるのかとか、そんなことには興味ないらしいけどね』

「奴らって……」

ジェニファーは、劉健の言葉を慎重に頭の中で吟味《ぎんみ》した。電子上から世界経済を支配する怪物。資本主義が求めるもっとも正しい結論である利益、その一点のために他のすべてを犠牲にすることを厭《いと》わないもの。

ジェニファーは、普段は表に出てこないその存在を知っていた。

「あなた、まさか……」

『そういうことだ。奴らの息の根を止めることなぞできるとは思っていないが、少なくとも、その手足をぶっ叩くくらいのことはできる。わかったら、黙って僕の言うことを聞いてくれるかい？』

大きく深呼吸をする間だけ、ジェニファーの返事が遅れた。

「いまさらどの面《つら》下げて、あんたの言うこと信じろなんていえるの！」

ヴォリューム最大の罵声が衛星回線に飛び出した。

「これが最後通告よ。どこでなにしてるのか、素直に白状しなさい！　ヘッジファンドのジャガーノートなんか、あなた一人でなんとかできるような代物じゃないのよ！」

『ジャガーノートか。そういえばウォール街ではそう呼ばれているらしいな』

劉健の声が笑みを含んだ。

『中国での名は、暴れ竜だ。だいじょうぶ、正面切って相手しようってわけじゃない。少しばかり足留めして、考えを変えさせようと思ってるだけだから』

「それが無謀だって言ってるの！　相手は利益追求ってただその一点のために、地球上に実在する一〇倍以上の金を操る化け物よ！　あなたがちょっとばかり戦争ごっこしたからって、なにができるっていうの!」

『だから苦労してるんだ。まあ、遅くとも明後日くらいには食事の話題にできる程度の結果が出せると思う。楽しみに待っててくれ。この回線も雲の上の誰かさんに聞き耳立てられてる可能性が皆無とはいえない。もう少し君の声を聞いていたいところだけども、そういうわけで長電話はできないんだ。それじゃ、また』

「ちょ、ちょっと待ってよ、待ちなさい劉健!」

叫ぶジェニファーの耳に、回路切断を示す電子音が届いた。

「劉健ー!」

むなしく叫び声を上げて、ジェニファーは不思議な既視感に囚われた。いまいましげに首を振る。

「あのやろ、また逃げやがった……」

切れた電話機を睨みつけ、いちど天井を仰いでからジェニファーは再びダイヤルを回しはじめた。

オークランド管制センターのメインコンピュータルームにハードレイクから電話がかかってきたのは、それからかれこれ二時間以上もあとのことだった。

『そちらの予想通りよ。彗星捕獲レースに参加した他の三社だけじゃなく、東海岸側の大手の状況も当たってみたけれど、出所不明の爆破予告を受け取っているところがうち以外に四社、実際に営業妨害かどうかなんてことは確認されてないけれども、原因不明の軽い事故とか問題が起きてるところもいくつか。もっともこの業界じゃグレムリンのいたずらなんか珍しくもないんだけど』

「こちらで航空宇宙の管制状況を調べてみたところでは、それほどでもなかったが……」

ガルベスは、手もとの書き込みだらけのプリントをめくった。

「ただし、おそらくネットワークにつながってさえいればどこにあるコンピュータでも操るかもしれない連中のやることだ。都合の悪い状況を隠蔽するなんざ、お手の物だろう」

『それでね、敵の正体だけど、おそらく資本主義社会最悪の怪物、ジャガーノートよ』

「ジャガーノート？　……まさか、あの、ジャガーノートか⁉」

『さすがあ、知っててくれて助かったわあ。どう説明しようかと思っちゃった。そう、その気になれば地球を三回も買えるような化け物が、地球の外まで支配しようとしてるらしいの。劉健の奴がオークション荒らしに来たときに気がつくべきだったわよね、この展開は』

「なんだと。ジェニファー、どっからそんな情報手に入れた！　ジャガーノートに関する話は九割までが嘘っぱちで、詐欺師が世間知らずの金持ち引っかけるのに使うくらいだぞ！」

『残り一割を信じるに足るだけの状況証拠が、今回は多すぎるわ。そういうわけで気をつけて。わかってるだけの情報は置いてくけど、ロケットダインのテキサス行きの深夜便がもう出ちゃうのよ』

「なに？」

ハードレイクには、時折、部品の配達のために他社の定期便が立ち寄ることがある。空港としてはカテゴリー3の着陸設備を持つ二四時間空港だから、時間は問わない。

『行く先々で電話入れるつもりだけど、どこまで辿り着けるかわからないわ。ハードレイクの留守番、よろしくね』

「ちょっと待てジェニファー。今からどこに行ってなにをやるつもりだ!?」

『ええと、テキサスからオークランドで朝一番のイタリア行きの超音速機までは押さえたんだけど、たぶんローマから先は行き当たりばったりになると思うわ』

「イタリアだと!? そんなところまで行って、一人でどうするつもりだ！」

『一人じゃないわよ、残念ながら』

ジェニファーは恥ずかしそうに電話の向こうで笑った。

『劉健の奴が、どうやら地中海のヨーロッパ側でなんか馬鹿やろうとしてるみたいだから、監視しに行くの。あんなのに任せといたら、とばっちりくらってまとまる話まで破壊されちゃうもの』

「地中海のヨーロッパ側!? そんな情報だけで飛んでくつもりか、お前さん！」

『だって、それ以上は居場所絞り込めなかったから。苦労したのよこれでも。電話会社じゃ衛星経由の携帯端末の発信場所なんてそんなに絞り込めないし、仕方ないからこんな時間にLAの海龍城《カイロン》にまで電話してやっと見当つけたんだから』

ガルベスは、興味深げにこちらの会話に聞き耳を立てている一同にちらりと振り返った。

ひとりコンラッドだけがしかめっ面で喉首に水平に当てた手のひらを引いて見せる。

「……仕方あるまい。もし嬢ちゃんの昔の旦那がこっちと同じ尻尾を捕まえたのだとすれば、おそらく彼の居所はヴェネツィアだと思う」

『昔の旦那って言わないで！　ヴェネツィア？　あの馬鹿、あんなところでなにやってるのよ』

「そこまではわからんが……とにかく、連絡を絶やすな。相手が相手だ、うっかり呑み込まれないように気をつけろ」

『わかってるわ。それじゃまた連絡するわね』

「今、ジャガーノートと言ったか？」

受話器を置いて戻ってきたガルベスに、険しい顔をしたコンラッドが聞いた。

「あの利益誘導体のことか？」

「こっちの頭がおかしくなりはじめてるんじゃなければ、な」

ガルベスはオブザーバー用のソファに乱暴に腰を落とした。

「まったく、あの嬢ちゃん、どこでいったいそんなネタ仕込んできたんだか……よりによって最悪の化け物が出てきやがった」

美紀は、チャンと顔を見合わせた。チャンは難しい顔でうなずいて見せた。

「実在したんですか」

「存在しないことになっているものを実在もなにもあったもんじゃないが。ああ、あいつは間違いなくこの地球上のどこにでも存在して、息を吸うみたいに利益を産み出し続けているはずだ」

「……なんの話？」

たまりかねて、美紀は尋ねた。

「ジャガーノートって、インド神話に出てくる阿修羅神《あしゅらしん》の戦車じゃないの？」

「阿修羅の戦車？　何の話？」

きょとんとした顔でスウがみんなの顔を見回す。ブースから車椅子をバックさせたマリオが、くるりとテーブルに振り向いた。

「その筋じゃ有名な、伝説みたいな話だよ。もっともファンタジーじゃなくて、ミステリーとかスリラーの方に属してるけど」

「なによ、いったい？」

「実在しない、世界最大の資金源。経済ってのが実際の金と物の取引を伴わない観念上のものになってから、手段を選ばずにありとあらゆる場所で利益を産み出し続けて成長している欲望の怪物。その総資産はすでに世界を三回も買えるほどにもなっているにもかかわらず、そいつはなおも利益を求めて活動を続けている。アメリカから電子素子の製造産業をきれいさっぱり絶滅させたり、南アメリカで国三つ分の熱帯雨林を砂漠に変えたり、アフリカでいくつかの国が消滅してしまったのも、こいつのせいだって話だ」

「若いのによく知ってるな」

コンラッドがうなずいた。

「最初に聞いたときには都市伝説かと思いましたけど、それにしては国別に調べても妙な符合があるもんで。ただ、キャプテンクックの財宝とか、テンプル騎士団とか、オイルダラーの隠し財産とか、資金源についてはあんまり信用してないんですが……」

「それが、ジャガーノート？　そんなものが、いるの？」

マリオはスウをちらっと見た。

「目の前で実在するなんて聞いたのは、ぼくも初めてだよ。ほら話にしても途方もない規模だから、ひょっとしたらアクションものの敵設定かと思ってた」

「だから、何なのよ。とてつもない資金源持ってるのはわかったけど、そいつらはどこの何者でなにやろうとしてるの？」

ガルベスとコンラッドは困ったように顔を見合わせた。ガルベスが口を開く。

「お前の専門だったんじゃないのか、こういう陰険な裏舞台の話ってのは」

「……聞きたいか？」

「実際に関わったことのある人間から聞けるのなら、それはまたとない機会だ」

「俺も直接の担当だったわけじゃない。上の方で、専門にそいつらの動きを探っている部課があって、できる限りアメリカの国益を損なわないようにしているって話は聞いたことがある」

「ほお？　政府当局《アンクル・サム》にしちゃ、やってることが消極的だな」

「今までに二度、当局が正面切ってこいつをつぶそうとしたことがあるらしい。健全で公正な経済活動を取り戻すためなんて、お題目からしてふざけてやがるんだが。最初のオペレーションは今世紀二度目の大不況をもたらし、アメリカ国内の自動車と電子産業の製造工場を根こそぎアジアに持っていくことになった」

「知ってた？」

　美紀に目配せで聞かれて、チャンは首を振った。

「勘弁してくれ。今世紀最初の大不況っていったら、まだ俺がこの世に出てくる前の話だぜ」

「今までの財政赤字がまとめて噴き出してきて国家の屋台骨まで揺るがすような不況をなんとか乗り切って、今度は財務当局だけじゃなく、国が総力を上げて全面戦争を仕掛けようとした。どうなったと思う？」

　意味ありげな視線を振られて、マリオは考え込んだ。

「今現在、ジャガーノートと呼ばれる存在が元気に活動しているところから察すると、相手にもされなかった。違いますか？」

「この野郎、言いにくいことをはっきり言いやがる」

コンラッドは苦笑いした。

「正解だ。一度目のオペレーションでは少しはあの巨大資金源に赤字を喰らわすことができたらしいが、二度目は結論からいうと惨敗だった。あいつら、こっちが本気で突っかかってきたのをみて、アメリカから資金を引き揚げ、それをヨーロッパとアジアに導入した。アメリカの経済は停滞し、対照的に他の国に好況が訪れた。つまり、ジャガーノートはこっちが仕掛けた経済戦争まで金儲けのネタにしやがったのさ」

「はあ……」

「全世界的なドル安が記録的なスピードで進行し、対外債務が破産寸前にまで膨れ上がったところでオペレーションは中止された。まあおかげで政府が本気になって合理化に乗りだして、だから今この国がなんとかなってるってところもあるんだがね。事後処理の報告書は極秘扱いになってあと五〇年は封印されてるし、それ以来、上の方針はジャガーノートに対しては不可触《アンタッチャブル》になった。なにせ後始末だけでジャガーノートが稼いだと推定される利益は、こっちの国家予算を軽くしのいだってのが話のオチだ」

「立場ねえじゃん」

チャンがぼそっとつぶやいた。

「つまり、そんなとんでもない存在に俺たちが相手にされてるってことですか？　出世したもんだな」

「どうやら、相手にされてるのは俺たちだけじゃなくて、宇宙産業そのものだ」

「そうすると、彗星レースの妨害を仕掛けたのも、ひょっとしたらニュー・フロンティアを破産させたのも、そのジャガーノートって組織のやったことなの？」

妙に静かな声で聞いた美紀に、ガルベスはうなずいてみせた。

「ニュー・フロンティアの方は知らねえが、彗星行きの飛行の裏でクラッキングの糸引いてた可能性は大だな」

「なんで！　どこの誰がどうしてそんなことできるの⁉」

声を上げたスウに、マリオは目も向けない。

「言っただろ、敵は世界を三回も買えるほどの資金力を持ってるんだ。それだけあれば、およそ考えられる限りのことができる」

「あたしが聞いてるのはそういうことじゃない！」

「なぜそんなことやるのかっていう質問なら、答えはもっと簡単だよ。その方が儲《もう》かるから。僕たちのいるこの世界ってのは、そういう経済原理で動いている」

「金儲けのために、地球から二〇〇〇万キロも離れたところに飛んで行く宇宙船を墜とそうとし、おまけにあたしたちが乗ってる飛行機まで撃墜しようとしたって言うの⁉」

「僕たちが、金儲けのために彗星を捕まえようとしたのと、動機は同じだ」

口をぱくぱくさせてから、スウが金切り声を上げた。機関銃のように喚《わめ》きだす。

「あたしたちがやった飛行とこれが一緒のことだって言うの⁉　馬鹿言わないで。あなた、自分がなにやったか忘れたの。いくら金持ちか知らないけど、そんなお金は必要なことに使わなければないも同然じゃない。そんなものに負けて平気な顔していられるわけ！」

「んで、社長がそれ突つきにいった、と」

スウの悲鳴がまったく耳に入っていないように、マリオはガルベスに首を巡らせた。

「どーするんです？　ぼくはジャガーノートが細かい枝葉《ブランチ》でなにやってるかなんて情報は持ってませんよ」

「社長の前の旦那ってのは、その世界じゃ有名な壊し屋らしい。うまく合流さえしてくれれば、生命の心配はしなくても済むだろう。さて、マリオ、この怪物相手に勝てとは言わない、こいつの目をなんとか空の上から逸らすことはできるか？」

腕を組んだマリオが目を伏せた。

「……情報が少なすぎます。ジャガーノートっていうのが、たんに利益の追求を目指すだけの利益誘導体で、他になんの目的も持っていないってのは事実ですか？」

「俺の知る限り、そういうことになってる」

答えたのはコンラッドだった。

「世界制覇とか、そんな月並みな目標なら、とうの昔に達成されてる。世界を買えるだけの利益を上げた段階で、丸ごと自分のものにしちまえばよかったんだ。どうしてそうなっていないのか、わかるか?」

「……おそらくフラクタル経済学を知らない素人には思いもよらない深遠な理由があるのではないかと……」

「そんな難しい理由じゃねえ。そうしない方が、儲かるからさ。ジャガーノートってのはとてつもなく性質《たち》の悪い信託会社みたいなもんで、その誕生の初めから利益だけを追求するようにできてる」

「いったい、どこの誰がそんなことやってるんです!」

スウが声を上げた。

「そんな組織があるってことは、誰かがそれを操ってるんでしょ」

「いい質問だ」

まるで教師のように、コンラッドは軽く手を上げてみせた。

「最初は、その利益を享受する誰かがコントロールしていたのかもしれない。だが、こいつの存在理由は簡単だ。ありとあらゆる場所と局面での利益追求。そのために手段を選ばなくなった時点で、こいつはコントロールを失い、暴走的な成長を始めた」

「だって、電子上かもしれないけどちゃんと存在して、利益を受け取ってるんでしょ？　誰がそれを受け取ってるんです？」

「世界規模の複合企業体《コングロマリット》、保険会社の資金運用、もはや枯渇《こかつ》しちまったオイルダラーの信託財産に先進諸国の財務当局もその恩恵に与《あずか》ってるって話だが」

「せっそーねえー」

「ジャガーノートってのが、巨大資金を運用する利益誘導体でしかないとして、でも誰がその活動を指示してるんです？　単純な株式運用ならともかく、乗っ取りだの業務妨害だのするには、人間の判断が必要になると思うんですが」

「それは、ジャガーノートと正面切って戦争しようとしたカンパニーの連中が、最初に調査した。どうなったと思う？」

マリオは眉をひそめて考え込んだ。

「行動原理を解き明かすことはできても、中枢には迫れなかった？」

「そんなところだ。調査報告書の結論はただ一言、欲望だそうだが」

「欲望《グリード》……」

美紀は、珍しくもない単語を繰り返してみた。マリオは顔を上げた。

「少なくとも、その目的の実現のために魔法使いみたいなクラッカーが何人も動いているのは確かだ。ただし、ジャガーノートの資金規模がほんとうに聞いている通りなら、こっちの業界に対する業務妨害ってのはその活動の一部でしかない。それだって考えたくないくらいの資金と資材を潤沢に投入してることになりますけどね」

「あなた、自分の仕事場でこんなことされて黙ってるつもりなの？」

マリオはちらりとスウを見た。

「少なくとも、ハードレイクに戻ってミッションコントロールを全部占拠しても、マシンパワーが足りない。連中がどんな手間かけてクラッキングしてたか、今目の前で見たばっかりだぜ」

「見てたわよ、ちゃんと作戦予定時間内に辿り着けるところまでは辿り着いたじゃないの！」

「一基だけとはいえ、スターゲイザーの最新型投入して、やっとだ。ハードレイクやマサチューセッツにある宇宙船に対するクラッキングの全ルートを分析して、もう一度発信源を洗い直して、そのうちどこから来たのか特定できないのを選《よ》り分け、今回のルートと比べる。で、ここから先、手段を選べなくなるんですが、ジャガーノートが手を出してくるルートを全部破壊もしくは遮断する。これだけの規模で世界中を相手にしてる奴に、こんな泥縄式の方法でなんとかなるとは思えませんが、少なくとも空の上を向いてる奴の神経さえ押さえることができれば、当然その先の動きも停めることができると思います。その昔の専門家の意見はどうです？」

「その昔の専門家？」

虚をつかれたように、コンラッドは自分の顔を指した。横でガルベスがうなずく。

「お前のことだろ？」

「当然、いろいろと入り用になりますけど」

マリオはゆっくりとメインコンピュータルームを見回した。

「できれば、今バックアップにまわっているスターゲイザーをあと二基、それから他にも連絡をとって、もし仮にいくつかのルートを発見できたら、それをつぶすための実力行使なんてのも必要になるんですが、そこらへんはどうしましょう」

「太平洋の北半分を飛んでる機体全部を、バックアップなしで管制しろってのか⁉」

「ここまで話振っといて放り出すか？」

ガルベスが薄笑いを浮かべながら言った。

「そもそも管制にこんなでかぶつをふたつも投入してるのは、ひとつがダウンしても支障がないように、だろ。管制業務だけなら一つだけでも余裕を持ってこなせるって、さっきの説明で聞いたぜ」

「ジョーンズ、てめえか！　余計なプレゼンテーション吹き込みやがったのは⁉」

「いや、ちがいます」

ジョーンズは憮然とした表情で答えた。

「うちの娘たち《シスターズ》の役割分担プレゼンしたのは、主任ですぜ」

　コンラッドはおおげさな溜め息をついた。

「俺が軍隊経験で学んだ最大の教訓は、勝てない戦争はしちゃいけねえってことだ。それで、勝てるのか？」

「かつて偉大なる合衆国が二度も敗退した巨大資金源に勝てとおっしゃる？」

　マリオが不敵な笑みを浮かべた。何か言いたそうにしているスウを見る。

「戦い続ければ、負けることはないってのは、お前さんの国が前の戦争でとった方針だっけ？」

「国はどこだ？」

　コンラッドに聞かれて、スウはよくわからないままに答えた。

「わたしはアメリカ市民です。祖父はベトナムから渡ってきましたけど」

「なるほど」

　コンラッドはうなずいた。

「わかった。あの怪物に一泡吹かせられるかもしれないっていうのなら、乗ってやろうじゃないか」

　コンラッドは部下のジョーンズに振り向いた。

「止めないのか？」

「今、ここまで来る前に帰っちまわなかったことを後悔してますよ。そうするとこれだけの人数じゃ足りないな、口の堅そうな使える奴に声かけてみるか。主任、ひとつ確認しときたいんですが、こいつは残業扱いになるんですか？」

「ばかやろ。こんな業務報告してみろ、残業どころか首切られるぞ。業務規定無視してスターゲイザーを三基も投入するんだ、結果は出してもらうぞ」

「努力します。スウ、ぼくの名前でオービタル・サイエンスとコロニアル・スペースのネットワーク担当に連絡をとってくれ。こっちはクラッキングの追跡をしたときに協力してくれたメンバーに声をかける」

「ここのコンピュータは一般回線にはつながってない。他にアクセスするのなら、そっちのブースのコンピュータを使ってくれ」

航空管制のためのコンピュータシステムは、安全対策のための最終手段として通常の回線には接続されていない。管制下にある航空機とデータ通信を行なうための無線、各管制区との情報交換のための光ファイバー通信網と衛星回線などがネットワークの主な手段であり、インターネットなどを通じたアクセスは不可能である。

「できればカイロン物産に連絡をとって、ジェニファーの元旦那が指揮してるはずの実働部隊がどこでなにしてるのか知りたいところだが」

ガルベスはジャケットの袖《そで》をめくって自分の腕時計を確認した。

「まあ、私設の特殊部隊の任務動向なんぞ簡単に教えてもらえるはずがないから、そっちはジェニファーの連絡待ちにしとくか」

フライト3

オークランド空港を離陸したスタークルーザーは、北米大陸西海岸の穀倉地帯上空をおよそ五〇〇ノットで巡航していた。天気は快晴、視程はほぼ無限大、都市部上空のスモッグ以外に視界を遮る要素はない。

「しかし、狙われてると思うと落ち着かないもんだな」

オークランドからハードレイクへの飛行なら、すべて自動設定でも行けるのだが、操縦士《パイロット》席のチャンは自らの手で操縦桿を握っていた。センターコンソールの航空情報ディスプレイにちらちらと目を走らせる。

「あたしたちには、実戦経験はないもの」

機長席の美紀は、機載レーダーと、ディスプレイに表示される付近を飛行中の航空機の情報のチェックを繰り返している。

「気を抜いたら背後からばっさり、なんて空は飛んだことはないわ。そこらへんが、ガルベスや大佐なんかと一番違うところかもしれないわね」

ハードレイクに居を構える会社としては一番規模の大きいオービタルコマンドのボス、大佐ことガーランドも軍の出身で、戦闘機での実戦経験があるらしい。

「少なくとも、美紀は戦闘機で稼いだ飛行時間があるじゃないか。おれなんか、美紀のホーネットに遊びで乗っけてもらっただけだぜ」

「本格的な空中戦の訓練経験なんかないわよ。高空でのアクロバット飛行くらいはやってるけど、遊びみたいなもんだし、シミュレーターで空戦機動したことはあるけど成績あんまりよくなかったし……」

美紀はフロントウィンドウにひろがる空に目を向けた。ビジネスジェット機であるスタークルーザーの視界は、涙滴型風防《キャノピー》で全周を見渡せるホーネットほどよくない。

「戦闘機パイロットってのは、いっつもこんな気分で空を飛んでるのかな」

チャンは、センターコンソールのディスプレイに目を走らせた。いつもなら現在高度に近い機体を、しかも付近を飛んでいるものしか表示させていないのに、今日はすべての飛行中の機体を情報ごと映し出しているから、ディスプレイはおそろしくごちゃついている。チャンにとっては管制業務などで見慣れている映像で、いつもの西海岸の空の状況となんら変わるところはない。

「突然、このうちのどれかが襲ってくるかもしれないと思うと、ぞっとしないねえ」

「そうか、戦争してるってこんな気分なのかも」

表示範囲を拡げているおかげで何重にもシンボルと数字が重なっているディスプレイを見て、美紀は軽く頭を振った。疑心暗鬼にかられると、どの高度を飛んでいるどんな機体も敵機に見えてくる。

「それにしても、ハードレイクで留守番とは……」

ゆるいバンクをかけて進路を変更しながら、チャンはつぶやいた。美紀は進路と現在位置をディスプレイとコンソールで確認する。

「仕方ないでしょ。事がネット上の電子戦争になったら、パイロットのあたしたちは役に立たないわ。ガルベスほどコネや経験に恵まれてるわけでもないし、スーパーコンピュータ相手にいかさまできるほど裏技知ってるわけじゃないし。シェラネヴァダ山脈越えるなら、そろそろハードレイクに連絡入れといたほうがいいんじゃない?」

「おれがやんの?」

「戦闘機のパイロットは全部一人でやるのよ。教官は後方確認《チェッキングシックス》で忙しいの」

チャンよりも美紀の方が圧倒的に飛行時間が長い。飛行経験を積むために、昨日に引き続いて今日もチャンがパイロットとしてスタークルーザーを全手動《フルマニュアル》で飛行させていた。乗員は機長の美紀、操縦士のチャンの二人だけ。ガルベスとマリオはスウともどもオークランドの管制局に居残り、実体のない利益誘導体相手の電子戦争の準備を整えている。

美紀とチャンは、現在進行中のスペース・プランニングの次のミッションの準備と、ヴェネツィアに向かったはずのジェニファーの連絡待ちのために、ハードレイクに帰還することになった。

「スタークルーザー1よりハードレイク管制塔《コントロール》」

通信機のチャンネルをプリセットしてある周波数に合わせて、チャンはハードレイク管制塔に呼びかけた。

「応答せよ、こちらスタークルーザー1。返事がない？　おかしいなあ。深夜ならともかく、こんな真っ昼間に管制塔にだれもいないわけがないんだが」

「返事なし？」

コンソールパネルに目を落とした美紀が、通信機のディスプレイを確認した。正常に作動しているが返答はない。

「どうしたのかしら」

美紀はそれまで首にかけていたヘッドセットを耳に当てた。微かなノイズしか聞こえてこない。

「代わる？」

「外見ててくれ。見えないところからいきなりなんか飛んでくる方が怖いぜ。こちらスタークルーザー1、だれだ今日の管制官は、仕事サボってんのか？」

『こちらハードレイク管制塔《コントロール》、現在非常事態中です、近寄らないでください！』

いきなり入ってきた返答が早口で喚きたてた。二人のヘッドセットに流れた応答を聞いて、美紀とチャンは顔を見合わせた。

「今、非常事態って言った？」

「そう聞こえたわよ。今の、ミス・モレタニアじゃない？」

『繰り返します、ハードレイクは現在緊急事態で、他の飛行機を受け入れられるような状況にありません！』

「こちらスタークルーザー1、管制官はミス・モレタニアですか？　こちらスペース・プランニング所属のスタークルーザー」

『スタークルーザーか⁉　パイロットはガルベスか、美紀か！』

声が変わった。チャンはまわりの空を見ながら返答した。

「パイロットはチャーリー・チャン、機長がミキ・ハヤマ。ガーランド大佐ですか？　非常事態って何の話です？」

『聞いた通りの意味だ。念のために確認するが、そっちの機体に武装はあるか？』

「いくら改造してあるったって、こっちはただの民間機ですぜ。積んでる飛び道具ったら、不時着したときに使う信号弾くらいなもんで……」

『なら近づくな！　しばらく待つか、それができなければ近所に降りてしばらく待ってろ。ふらふら飛んできたら、巻き添えくらうぞ！』

「何が起きてるんです？」

『のんびり説明してる時間があったら、非常事態だなんて言うもんか！　どうせそう長くは続かん、しばらく待ってろ！』

「とりあえず了解、交信終了」

これ以上通信を続けても何も役に立ちそうにないので、無線を切ってからチャンはもう一度機長席の美紀と顔を見合わせた。

「なにやってんだ？」

「オービタルコマンドが戦闘訓練してるんじゃなさそうよね」

答えて、美紀はカンパニーラジオのコントロールパネルに手を伸ばした。スペース・プランニングのオフィスを呼び出してみるが、こちらは何の反応もない。

「やっぱりさっきの管制官、ミス・モレタニアだったのかしら」

「彼女、管制官なんかできたっけ？」

「なんで管制塔《コントロール》なんかにいたのかしら？」

「何が起きたんだ？」

「非常事態ってことは、ハードレイクが非常事態ってことなんじゃない？」

「まんまじゃねえか。どうする？　非常事態なら、超音速ダッシュして駆けつけるか？」

「すぐに着陸できないかも知れないことを考えると、余分な燃料は使いたくないわ」

美紀は現在の燃料残量をチェックした。スタークルーザーは楽に大陸横断できる程度の航続距離はあるが、燃料満載で離陸してきたわけではない。

「どんな非常事態なのかわからないから、駆けつけても役に立たないかもしれないし、アフターバーナー全開で飛んでいったら、向こうでなにをやるにしても燃料がなくなるもの」

「そりゃまあそうだけど」

チャンは、一度はスロットルレバーに当てた手を離した。

「しかし、いったいなにが……」

「もし、ジャガーノートっていう巨大資本が本気で今ある邪魔な会社に打撃を与えようとしているのなら、ハードレイクへの直接攻撃なんて考えられるのかしら……」

「それでオービタルコマンドが迎撃してるっていうの？　そりゃ確かに非常事態だけど、いったいなにがどうやって攻撃してきたってのさ」

「忘れたの？　うちのヴァルキリーが戦闘機に迎撃されてから、まだ二四時間しかたってないのよ」

「うそお」

遠く離れた青い空に幾筋かの黒い煙がたなびいているのを見て、チャンは思わずつぶやいた。

「ほんとに戦争してたの？」

「まだ戦闘中かもよ。大佐のところの航空団《ウイング》がトランスポンダーつけて戦闘空域飛び回るほど間が抜けてるとは思えないもの」

「そりゃまあ、自他ともに認めるハードレイク最強の戦力ではあるけどね、オービタルコマンドってのは」

チャンは、再びハードレイクコントロールを呼び出した。

「スタークルーザー1よりハードレイク管制塔、こちらスタークルーザー1、どうぞ」

『こちらハードレイク管制塔、聞こえている。もう一度、乗員と積み荷を教えてくれ』

「パイロットはチャン、機長は美紀、積み荷と乗客はなし、ホームに帰ってきただけだ。マックバーンだろ、なにがどうなってるんだ？」

マックバーンはオービタルコマンドのミッションディレクターである。専門の航空管制官ではない。

『グレイスピアよりハードレイク管制塔、スタークルーザーを確認した。間違いなく、ジェニファーんとこの機体だ』

唐突に着陸管制に第三者の声が入ってきた。美紀は思わず操縦室からまわりの空を見回した。

『そのまままっすぐ飛んでろ、これから操縦室を確認する』

「大佐ですか？　いったいどこに……」

美紀が、機長席から操縦士席に手を上げた。

「言う通りにしたほうがいいわ。なんか知らないけど、凄いぴりぴりしてる」

『こちらグレイスピア、パイロットはガーランドだ。今スタークルーザーの下にいる。これから横に出るから待ってろ』

まるで突然出現したように、灰色の低視認塗装《ロービジ》のスマートな大型双発戦闘機がスタークルーザーに並んだ。翼だけでなく胴体までが揚力を発生するように整形され、さらに大型のクリップドデルタ、尾翼に加えてカナードまで備えたその大きさは、ビジネスジェットであるスタークルーザーとあまり変わらない。

「オービタルコマンドのフランカーじゃねえか」

左に座る美紀のさらに向こう側から出現した大型戦闘機のシルエットを見たチャンが声を上げた。ロシア製の超音速高機動戦闘機は、今でも第一線級で使われている機体である。

「あれ飛べたんかい、動いてるの初めて見たぞ」

『失礼な奴だな。偏向推力《ベクタードスラスト》のスペアエンジンなんぞめったに手に入らないから温存してただけだ』

縦配列の複座のキャノピーの前席で、レーサーのような配色の赤いジェットヘルにマスクをつけたパイロットが挨拶《あいさつ》するように手を上げた。

『グレイスピアより管制塔、スタークルーザーを確認した。パイロットは間違いなくジェニファーのところの若いのが二人だ』

『了解。管制塔よりスタークルーザー1、着陸を許可する。ただし、誘導システムは今のところ全部切れてるから、最終進入から着陸まで全部マニュアルでやってくれ』

「了解、これより最終進入に入る、のはいいけど、いったいなにがあったんです？」

『今いろいろと忙しいんでな、自分の目で見て判断してくれ。他に着陸予定はない。滑走路の先にちょっとした障害物があるから、復航するなら判断は早めにな』

「誘導なし、滑走路の先に障害物と、了解しました」

軽く両翼を振ったフランカーが、ロールを打ってスタークルーザーから離れた。

誘導なしの着陸は訓練で散々やらされている。眼下に見える風景を頼りに高度を下げながら、チャンは口を開いた。

「……気がついてた？」

「なにに」

美紀が憮然とした顔で答える。

「大佐のフランカーが飛んでたのに。一応おれたち、対空警戒しながら飛んでたんじゃなかったっけ？」

「……全然、気がつかなかったわよ。こっちの死角を狙って忍び込んできたんでしょうけど、上にいたのか下にいたのかもわからなかった」

「もしあれが大佐じゃなくて敵機だったら……」

「間違いなく、こっちが気がつかないうちに撃墜されてたでしょうね」

「ガルベスに、お前が見ていない機体に撃墜される、って言われたことがあったんだが、これのことだったんだな」

チャンは溜め息をついた。

「宇宙パイロット志望でよかったぜ」

「それにしても、誘導ビーコンまで切れてるなんて、なにがあったのかしら」

ハードレイクは、主滑走路、横風用の副滑走路も含めて進入経路を示すガイドビーコンが常時発信されている。二四時間営業の空港だから、夜間でも発信が切られることはない。

「どうやら、ほんとうに戦争でもしてたんかね」

現在の高度と降下率を計器盤で確認しながらチャンが言った。

「ガーランド大佐が虎の子の戦闘機まで飛ばしてるんだ、ただ事じゃあないぜ」

「そうか……」

美紀は考え込んだ。

「うちの会社、無事かしら」

遠目で見ても、黒茶けた岩石砂漠の中の真っ白な乾湖に作られた空港に、幾筋かの黒煙がたなびいている。チャンは、まれに起こる墜落事故のときに、そんな風景を見たことがあった。

「滑走路の先の誘導灯と、安全帯と、それから誘導路もやられているのかな。空港ビルはあるみたいだけど……」

「とりあえず、滑走路さえ平らに残ってれば着陸できるさ。……もう一機、上にいるダブルデルタって、あれも大佐のところの戦闘機だよな?」

ハードレイク上空には他にも何機かの飛行機が飛んでいるのが、着陸進入中のスタークルーザーからも見て取れた。オービタルコマンドは、追跡機の名目で旧式なジェット戦闘機を何機か、それから連絡用と称するスポーツアクロバット機も一個小隊ほど抱えている。

「でも、登録は全部民間機だと思ってたけど」

滑走路に接近するにつれて、ハードレイク空港の状況が詳しく見えてきた。鉄筋コンクリート、管制塔のみならず、宇宙飛行のためのミッションコントロールセンターも備える空港ビルに大穴が空いており、少し離れたところに建てられていたレーダードーム用の高いタワーが根元からぶち折れている。

閑散とした駐機場にも、爆弾でも落ちたような大穴が空いており、コンクリートの瓦礫《がれき》の山と化している。

六発ジェットの巨人機を格納するためのハードレイク最大の格納庫も、一画にひしゃげたような大穴が空いていた。白い化学消火剤がべっとり撒《ま》き散らされているところを見ると、消防隊も大活躍したらしい。

滑走路が近づくにつれて、美紀もチャンもだんだん無口になっていった。接地《タッチダウン》して減速すると同時に、管制塔から呼び出しがかかる。

『ご覧の通りの状況だ、駐機場が使えない。スペース・プランニングの格納庫の辺りは大した被害を受けてないはずだ。機体はそっちに持っていってくれ』

「了解。ええと、なにか手伝えることはありますか?」

『そう言ってくれると思ってたぜ。ご覧のとおり台風一過で後始末をしたいところだが、第二波攻撃がこないとも限らない。スタークルーザーには燃料入れていつでも飛び立てるように。それからスペース・プランニングにも戦闘機はあったな』

通信に出ていたチャンは美紀に顔を向けた。

「……あたしのホーネットですか?」

『いつ手を借りるかわからない。いつでも緊急出撃《スクランブル》できるようにスタンバイしといてくれ』

「それはいいですけど……」

戦闘機の飛行コストは高いから、ホーネットは最近あまり飛んでいない。

「あたしのホーネット、武装なんかありませんよ」

『戦闘機乗りがなに吐《ぬ》かしてやがる。大丈夫だ。弾薬もミサイルもこっちにストックがある』

「いえ、あの、二〇ミリバルカンなんか搭載してないし、対空戦闘用の火器管制プログラムなんて残ってたかしら」

『飛べるんなら大丈夫だ。わかった。飛行準備を終えたらうちの格納庫に持ってこい、必要最低限の飛び道具のセットはしてやる』

「……正気かよ」

滑走路から誘導路にスタークルーザーをステアリングしながら、チャンがつぶやいた。

「ただの会社じゃねえとは思ってたが、ミサイルも弾薬もストックしてあるって？」

「安全地帯にM1戦車がいたの、見た？」

「見た。一二〇ミリ砲振り立ててたけど、火ぃ噴いたんかなあ」

オービタルコマンドでは、ジェットタービンエンジン装備のM1戦車を重量級の機体の牽引車《トラクター》に使っていた。現役時代そのままに主砲である一二〇ミリ滑腔砲を主砲塔に装備して、ゴムキャタピラで空港敷地内と時々はクロスカントリーにも出かけていたらしいが、少なくともチャンも美紀もその主砲が発射されるのを見たことはない。

「ありゃー」

誘導路から、オービタルコマンドの格納庫前を通り過ぎる。駐機場でうっすらと煙をたてている残骸となった角張った機体は、旧式な攻撃ヘリらしい。

「あれ、うちの機体じゃないよな」

「と、思うけど……」

隣の使われていない格納庫区画に半分以上はみ出して駐機されているヴァルキリーは、見た限りでは損傷はないようだった。適当な駐機位置にスタークルーザーを停止させ、必要なチェックは二人で分担して最短時間で切り上げて外に飛び出す。

スペース・プランニングのオフィスも兼用する格納庫は、幸いなことに健在だった。届いたばかりで、オプションのコンテナはまだ開かれてもいない最新型のダイナソアEも、次のミッションに備えてセットアップ中のC号機も、照明の消えている格納庫内に納められている。

「えーと、カンパニーラジオにだれも出ないってことは、オフィスに行っても無駄だってことだから」

「ここで戦闘指揮するとしたら、管制塔かミッションコントロールでしょ！」

ドアタラップが開き切らないうちにコンクリートに飛び降りた美紀は、もう走りはじめている。

『待ちなさい！　どこ行くつもり!?』

知っている声にいきなりスピーカーで喚かれて、美紀はたたらを踏んで立ち止まった。燃料タンクのある区画から、小型のタンク車を引いたぼろなピックアップトラックが走ってくる。

『給油するから準備して。説明は作業しながらしてあげるわ！』

美紀は、空港内の制限速度を無視して飛ばしてくるトラックの運転席でハンドルを握っているヴィクターを認めた。

「説明してくれるってんなら、まあいいか。あいよ」

乗降ハッチから顔を出したチャンが、長いコードを巻いてあるヘッドセットを美紀に放った。コネクターを機外のアクセスパネルに備えられているジャックに差し込めば、機内と機外で会話ができるインカムである。

「こっちはコクピットにいるから、話は聞かせてくれ」

胴体左側の給油口に給油ホースを接続して、燃料補給を開始する。タンク車のポンプで送り込まれるジェット燃料の流入量が規定よりかなり多いのに気がついて、美紀はタンク車の操作パネルについていたヴィクターに報告した。

「わかってるわ。安全規定は上回ってるけど、機械的には充分余裕があるはずよ」

「そりゃそうですけど……なにがあったんです？」

「ご覧の通りよ」

ヴィクターは、まだ消え残った黒煙がたなびいている周囲に手をまわした。

「ジェニファーが爆破予告受け取ったときから気をつけてはいたんだけど、まさかこんなストレートな攻撃受けるとは思ってなかったわ。昨日のうちにマリオが警告出しておいてくれて、オービタルコマンドが夜明けから第一級戦闘態勢で待ち構えてたからなんとかなったけど、そうでなかったらハードレイクで飛べる機体なんか一機もなくなってたかも」

「どうやら迎撃に成功したらしいのはわかりましたけど、何がどうやって攻めてきたんです?」

「先行偵察機《パスファインダー》にヘリコプター、それに本隊は払い下げのサンダーボルトとスカイレイダーだったかな。オービタルコマンドのトップクラスが、趣味のジェット戦闘機隊で待ち構えてたのが不運よね。時代遅れの対地攻撃機とプロペラ機なんかで、本気でここを攻略できると思ってたのかしら」

「そりゃまあ、普通の民間空港だったら迎撃の戦闘機が、それも束になって待ち構えてたりなんかしないけど……」

上空警戒していた小型の戦闘機が、主滑走路に降りてきた。国籍標識こそ消されているが迷彩はそのままのスウェーデン製ヤクートヴィゲンが、ネイビーブルーのイギリス製バッカニアと、タイトな編隊を組んで着陸を決める。

「……大丈夫だったんですか?」

「そりゃもう見てのとおり、いくつか爆弾は落とされたけど致命傷は避けたし、地上の機体も全部無事に乗り切ったし、敵機も無傷でのがれた機体なんか一機もなかったし、防空戦闘なら成功って言っていいと思うわよ」

嬉しそうにヴィクターに言われて、美紀は軽い頭痛を覚えた。

「そうじゃなくて、こんなところで実戦なんかして、近所の合衆国空軍とか、連邦航空局とか、いろいろうるさいのがいるんじゃないかと……」

「最初に低空進入してきた国籍不明機の情報を流してくれたのはエドワーズ空軍基地よ。正当防衛だって成立すると思うし、なにより、積極的にこっちから上に報告しなければ向こうも見逃してくれると思うけど」

「はあ……エドワーズが空襲警報出してくれたんですか」

美紀は、まだ何機かの戦闘機が舞っているハードレイクの上空を見上げた。

「いったい、何が起きてるんだろう」

「いろいろ起きてるみたいよ。ここだけじゃなくて、ハワイ沖のシーラウンチも、フロリダのロケットベースも襲撃されたらしいし」

ハワイ沖には、石油掘削用のリグをベースにした洋上ロケット発射基地がある。フロリダは赤道に近く、またNASAと合衆国空軍の宇宙基地が古くから設けられている関係で、民間のロケット基地も多い。

「……どこからそんな戦力持ってきたのかしら」

「メキシコ、中南米、南アメリカ、あとはヨーロッパの方から安い機体を引っ張ってきたみたいね。中古の機体市場なら、この国が一番在庫も品揃えも豊富だし」

突然、空港全域に非常事態を告げるサイレンが鳴り響いた。美紀ははっとして顔を上げる。サイレンが鳴らされるのは事故機の不時着とか、燃料区画での爆発事故とか、だいたいろくでもないことが起きてると思って間違いない。

「今度はなに⁉」

「非常事態の解除ね」

いつもよりトーンが低く、のんびり鳴らされているようなサイレンの音を聞いたヴィクターが言った。続けて、構内放送のスピーカーが入り、空港ビルに備え付けられている大型スピーカーからミス・モレタニアの声が流れ出した。

『管制塔よりお知らせします。ただいまを持ちましてハードレイク空港は第一級戦闘態勢を解除、戦闘状態を終了します。防空体制《デフコン》は非常警戒態勢に移行、上空監視と緊急発進態勢は引き続き保持されます。繰り返します……』

「今回は終わったみたいね」

燃料タンクがほぼいっぱいになったのを確認して、ヴィクターはタンク車のポンプを止めた。

「チャンに、外部電源を接続しておくからメインスイッチは切らないように伝えて。そうすると、次のお仕事は倒されたレーダータワーの応急修理と、それから美紀のホーネットの火器装備かしら」

「……ほんとにあたしのホーネットに武器装備するんですか？」

エンジンをロールスロイス製の大推力ターボファンに換装しているブリティッシュファントムが、これも二機編隊で着陸してくる。主翼下のパイロンに細身の対空ミサイルを何発か残しているところを見ると、民間登録なのに火器管制システムはまるごと残されているらしい。

「そうしないと、次に誰かが攻めてきたときに迎撃できないじゃない」

「それはそうですけど……」

「大丈夫、実戦経験のない新人パイロットがいきなり最前線には回されないから。それに、敵の次の攻撃が来るって決まったわけじゃないし、もっと楽に構えてなさい」

「……はい」

ミス・モレタニアがオービタルコマンドのオペレーターが運転するキューベルワーゲンに乗って帰ってきたのは、それからすぐのことだった。

「お仕事ご苦労様」

格納庫の中で、ホーネットのアクセスパネルを開いていたヴィクターが声をかける。

「どうだった、初の実戦経験は？」

「マイクの前で鸚鵡《おうむ》やってただけですわ」

ミス・モレタニアは落ち着いた笑みを返した。頬がまだほんのりと上気している。

「人手が足りないからって、管制塔《コントロール》に駆り出されたときには、どうなることかと思いましたけど」

「なるほど、それで……」

配線用の予備部品のワゴンの前で、チャンが着陸管制にミス・モレタニアが出てきた理由を納得した。

「おかげで午前中いっぱい、オフィス空けっ放しなの。連絡たまってると思うわあ。社長ったら今どこでなにやってるのかしら」

作り付けられているタラップで、格納庫の二階にあるオフィスに登っていく。

ハードレイクは早朝から厳重警戒態勢に入り、いつもどおり早めに出勤してきたミス・モレタニアはすぐに空港ビルに拉致《らち》されて、管制塔で管制官の手伝いとアナウンスをしていたから、本日の業務はまったくといっていいほど進んでいない。

前日、深夜のうちに配達された郵便の整理、メールチェック、留守電のチェックくらいは、戦闘状態の中でも変わらずに営業中のレストランアメリアズのランチタイムに間に合ううちに終えたいと思っていたミス・モレタニアが、悲鳴を上げて美紀とヴィクターを呼びに来たのは、それからわずか五分後のことだった。

「留守電がいっぱい？」

額を人差し指で支えて、ヴィクターは考え込んだ。スペース・プランニングの営業に関する業務連絡はそのほとんどが電子メールとファックスで、形が残るものとしてやり取りされているから、音声がそのまま記録される留守番電話はほとんど稼動していないはずである。

「ああ、こんなことになるって知ってたら、ボイスレコーダーちゃんと消しておけばよかった。せめてあと五分メモリが残ってれば、こんなことにならずに済んだのに」

「落ち着いてナニー、いったいだれが留守番電話なんか相手に長電話してオーバーフローさせちゃったの」

「……社長です」

困った顔で答えて、ミス・ナニー・モレタニアはいちど確認した留守番電話の全再生を開始した。

「出先からの定時連絡を全部留守電に入れて、だもんで溢《あふ》れちゃって、おかげで肝腎《かんじん》なところが入ってないんですう」

伝言を聞き取るにはじゅうぶんな音質のスピーカーから、社長の声が流れ出した。

ロケットダインの深夜便に便乗して、テキサスに向かったところまでは美紀もチャンも知っている。

ダラス、フォートワース空港に着いたジェニファーは、そこからタイムラグ三〇分でローマ空港行きの極超音速旅客機に乗り換え、現地時間の夕刻までにイタリア入りすることに成功したらしい。

最後の電話は、記録されている時間によればハードレイクに所属不明の先行偵察機《パスファインダー》が低空飛行で接近してきた頃、カイロン物産の情報網が割り出したジャガーノートの通信ポイントに強襲をかける劉健の部隊を、作戦開始寸前に捕捉することに成功したというものだった。これから強襲作戦に参加するんだけど、というところで録音が終了している。これからの行動予定を報告したつもりらしいが、データがいっぱいになってしまったために記録されていない。早めに出勤してくるのが常のミス・モレタニアは、その時間は管制塔で戦闘指揮管制を手伝わされたから、直接用件を聞くのは不可能である。

「……このあと、どうなったんでしょう」

「地球の裏側のことまで予想しろっていうの？」

ヴィクターは、壁の世界時計を見上げた。

「イタリア辺りはとっくに日が暮れてるはずだから、順調に行けば今頃一仕事終わらせて近所のレストランで馬鹿騒ぎしてるか、でなければ種々の事情により現状待機続行中か……」

ヴィクターは、スペース・プランニング設立以来の備品であり、すでにその時に骨董品だったらしい留守番電話に目をやった。

「まあ、生きてれば結果を報告してくれるだろうし、電話がなければ元気でやってると思っていいんじゃないのかしら」

「こっちから連絡入れられないのかしら」

ミス・モレタニアは、どこからか取り出した永年愛用しているシステム手帳《ファイロファクス》のページを開いた。ヴィクターが首を傾《かし》げる。

「ジェニファーは携帯端末持って出掛けていったんでしょ？」

「そう期待したいところだけど……」

答えたチャンの横で、ミス・モレタニアはジェニファーの携帯番号をプッシュした。呼び出し音を待っていると、どこかで携帯端末が鳴り出した。

「確か、前に似たようなパターンで社長に連絡取ろうとしたときは、ものの見事に不携帯してましたけど……」

ドアが開け放されたままの社長室の方向から、聞き覚えのある電子音が鳴り続けている。

ミス・モレタニアは溜め息をついて受話器を置いた。ワンテンポ遅れて、社長室の中で鳴っていた呼び出し音が切れる。ヴィクターは冷静に今の状況を判断した。

「こっちからは連絡できないみたいね」

「いま、わかってることだけでも、マリオに伝えといたほうがいいんじゃないかな」

自分の携帯端末を取り出したチャンは、データに入れておいたオークランド航空管制センターのメインコンピュータルームの電話番号をコールした。まるでその番号に電話したようなタイミングで、ミス・モレタニアのデスクの電話が鳴りはじめた。

「あれ?」

チャンは自分の携帯端末に表示されている電話番号を確認し直した。エリアコードは間違いなくサンフランシスコ近郊のオークランドである。ミス・モレタニアがすばやく受話器をとった。

「はいもしもし、こちらスペース・プランニングでございます」

「あ、もしもし、チャンです。ガルベスですか? ええ、ハードレイクに到着しました。無事、と言っていいものかどうか。え? ハードレイクの戦闘情報は入ってる。ああ、さすが……」

「しゃちょお!?」

オフィスに、ミス・モレタニアの裏返った声が響き渡った。

「今どこです! 無事なんですか、ちゃんと生きてらっしゃいます?」

「あ、今ヨーロッパに飛んでった社長から電話連絡が入ったようです。ええ、どうやら昔の旦那の別働隊と合流したらしいところまでは留守電のメッセージで聞いてたんですけど。え、あ、それはだめです。今回は社長端末忘れてますから、多分そっちの番号もどっかに忘れてるんじゃないかと……」

「社長無事だそうです！」

「そりゃまあ、生きて電話かけてきたくらいだから」

「え？　なんですか？　水没したサンマルコ広場そばのホテル？　マリオって、彼、サンフランシスコから戻ってません。全体指揮みたいなこと続けてます。は？　連絡とれるかって、ちょうどいまチャンの電話がオークランドとつながってますけど。ホテルの最上階のスイートで、いえ、別にお邪魔する気はありませんけど、もぬけの殻？　残ってた衛星通信システム？　データを分析？　ちょっとすいません、そういう専門的なことはあたしにはよくわからないんですけど」

「ちょっと待っててください、なんか向こうからデータ送りたいらしいですけど。えー、まだヴェネツィアみたいです。サンマルコ広場って確かあそこの地名だよな？」

「もう広場じゃなくなってるはずだけど」

二元中継の交錯を聞いていた美紀が、助けを求めるようにヴィクターを見た。

「えーと、コーディネートして差し上げたほうがいいのではないかと」

「そうね。ナニー、電話貸して」

ヴィクターは電話に出た。

「はい社長、ヴィクターです。いまそちらがヴェネツィアにいて、データを送りたいところまではわかりました。もしそちらに専門家がおられるようであれば、代わっていただけます？」

　ヴィクターは、社長から代わった新しい相手と何やら専門用語だらけの相談を始めた。必要事項を聞き取ってから、今度はチャンの電話にでる。

「向こうも設備が揃ってるわけじゃないし、専門家が時間をかけて調査したわけじゃないけど、ヴェネツィアの発信ポイントってのはダミーじゃないかってのが結論らしいわよ」

『多分、世界中に似たようなダミーがばらまかれてて、目くらましをしてると思う。ここにデータを送られても分析してる時間もスタッフもいない、マサチューセッツ工科大《MIT》のサイモン研究室にデータを送ってくれ』

「彗星行き宇宙船のクラッキング調査に協力してくれた研究室ね。いきなり連絡して大丈夫なの？」

『今回のジャガーノートの通信回線の追い込みには、最初の段階から協力してもらってる。電子犯罪に関しては世界でもトップレベルの研究室だ。メモリーをそっくり向こうに送るように。それから、もしできればその場合衛星回線は使わないようにして、最低三回は同じデータを送ってくれ。それが終わったら、動かせるようなら本体ごと持って帰ってきてくれ。中のデータは全米の研究室と調査機関で、本体はこいつもサイモン研究室で調べてもらうように話がついてる』

「回線の指定までできるかどうかわからないわ。カイロン物産のホットラインを使うことになると思うし。ああ、ポルトガル経由の海底光ファイバーでなんとかなる、らしいわ。衛星回線使っちゃいけないって、どういうこと？」

『できる限り、盗聴とか介入を避けたいってことです。いくら高周波《ハイバンド》ったって、衛星回線を使うってことは、そこらへんにデータ通信をばらまくことになりますから』

「了解。ジェニファーに伝えておくことはある？」

『むこうで直《じか》に連絡がとれる番号を聞いておいてください。それと、いま一緒に動いてるカイロン物産の別働隊とはうまくやるように。直接行動に出られるだけの人員と機動力を持っているのは、いまのところ社長が一緒にいる部隊だけですから』

「だ、そうよ」

『努力はしてるわよ！』

再び電話に出たジェニファーは、うなり声を上げた。

『ええ、あたしは今回の仕事では足を引っ張るだけの単なる素人で、ここではなんの権利も権限もないってきっちり理解してるわ。愛想笑いばっかりしてるおかげで、顔の筋肉が痛くなってるんだから！』

「いいトレーニングになるわよ。お顔も若返るし、なにより笑顔が魅力的になるわ」

『そう思ってがんばるわ。この仕事が終わるまであたしの神経強度が保《も》つように祈ってて』

「大丈夫よ、あなたはタフだもの」

笑みを含んだ声で応えて、ヴィクターは電話を切った。

フライト4

「どう思います？」

「どうって……」

内蔵に悪いから普段は控えているが、そうとも言ってられない。エナジードリンクの缶を握りつぶして、コンラッドは寝不足の目で車椅子のオペレーターを睨みつけた。

「ここらへんまでは、昔ジャガーノートをつぶそうとした政府当局も辿り着いたはずだ。なのに、奴らは今も平然と活動を続けている」

「政府の目的は、巨大資金源の壊滅だった。我々は、利益誘導体の目を一時的に眩《くら》ますにすぎない。勝利条件が簡単な分、作戦目標もさほど高めないで済むわけです」

「勝利条件が簡単だと吐かしやがったか」

コンラッドは、フィルターの形が失われてしまった火のついていない煙草をテーブル脇のごみ箱に吐き捨てた。

「こいつが、ジャガーノートの毛細血管の末端でしかないって可能性だってあるんだぜ」

「もし仮に動脈だったとしても、時間の許す限り早急に叩きつぶさないと、毛細血管どころか洗い流されるだけの垢《あか》に成り果てる可能性だってあります。少なくともいまなら、衛星軌道まわりのジャガーノートの、しかもかなりひんぱんに使われているはずの連絡網をつぶすことができる。もうひとつ、ファイブカードってのは名だたるネットワーク衛星ですから」

マリオは、静止衛星軌道上に五基展開されている、情報通信、放送、データ中継などに使われている人工衛星の工場出荷時の写真が映し出されているディスプレイに目をやった。

「ジャガーノートの本体が、ネット上にしか存在しないコンピュータプログラムだとすれば、少なくともその一部をつぶすことができる」

「ふむ……」

コンラッドは、テーブルに拡げられた地球を中心とした大きな軌道管制図に目を落とした。地球近傍の人工衛星は、低軌道にその大部分が集中しており、続いて多いのが静止軌道上、さらにそれより遠い超高軌道上から月、ラグランジュ・ポイントを飛ぶ飛翔体はぐんと数が少なくなる。

静止軌道は、その有用性で早い時期から実用衛星による開発が進んだ。衛星の姿勢制御、管制技術が進んだいまでも静止軌道上の衛星には最低一〇〇キロの安全距離が必要であり、静止軌道は赤道上に一本しか存在しないから、そこに乗るべき衛星の数は限られる。

限りある静止軌道上のスペースを有効に使うために、単一の衛星に複数の機能を載せるようになってもう長い。気象衛星、放送衛星、通信衛星などの機能をひとつの衛星に兼ね備え、しかもこれが複数の国と地域をカバーするように運用すれば静止衛星の数を減らすことができる。それだけ衛星システムは複雑なものになり、大型化、大出力化して定期的な整備調整とシステムの更新が必要とされている。

「それで、どうする気だ。ファイブカードってのは、デジタルサテライト社が現在も情報通信やら中継業務で運用しているもんで、ジャガーノートが使ってるかもしれないなんて理由で壊しに行ったら単なる破壊活動だ。軌道管制局にしてもこんな理由で業務停止命令を出してくれるとは思えんが」

「地上からのクラッキングで、機能を停止させたら？」

「同じだおなじ！　それに、やり方にもよるが瞬時に機能を停止させるくらいのことをやらないと、おそらくジャガーノートってのは止まってくれないはずだ」

「買えば？」

それまで黙ってコンラッドとマリオの話を聞いていたスウが口を開いた。マリオが意外そうな顔でスウを見る。

「なにを？」

「人様のものだから手を出すとまずいって言うんだったら、買っちゃえばいいじゃない」

「買えるか！　手前で情報処理までこなせるようなスパコン積んだ静止衛星、それも五基まとめてだぞ。地上の運用施設や関連設備まで含めたら、いったいいくらになると思ってるんだ」

「値段がつくなら、買いようもあるでしょ。それに、いまジェニファーが一緒に動いてるっていう昔のパートナーって、簡単に宇宙会社を買えるくらいの大金持ちなんじゃなかった?」

「そうか……」

マリオは、ガルベスと顔を見合わせた。

「意外なところに金持ちがいましたな」

「連絡がとれるといいが、試してみよう」


「うちの一族の専用回線だったはずなのに、なんでこう部外者がぱかすか電話かけてくるようになっちまったんだろう」

ここ二〜三日、急激に着信が増えたのみならず、一緒に行動しているジェニファーにかってに使われていることが多くなった専用の衛星携帯電話を見て、エグゼクティブ用のシートに身を沈めた劉健はこめかみを押さえた。

「はいもしもし……ええ、あたし。いま大西洋上空。超音速で飛んでるから、もうすぐアメリカ大陸の上空に着くわよ」

「しかも、どうしてジェニファーが出て話が通じるんだろう」

溜め息をついて、劉健は小さな窓の外に広がる雲海に目をやった。ロッキード・スホーイS－21、世界で最初に発売された超音速ビジネスジェット機は、大西洋なら楽に横断できるだけの航続距離を誇る。

その機体は超音速巡航のために細く絞られているため、キャビンは広いとは言えない。ヨーロッパで余り収穫のない仕事を終えた劉健は、ヴェネツィアの今は営業していないホテルの一室から回収された衛星通信システム及びそれをコントロールするワークステーション一式の証拠物件、直属の部下である暝耀《メイヨウ》、いったいどうやってこちらの行動計画を知ったのか、資格もいいかげんなまま一緒に動いているジェニファーといった面々とともに、北米大陸に向かって飛んでいた。

「劉健、あなたに電話よ」

カイロン物産でVIP連絡用に使われているジェット機は、機内でも衛星携帯電話が使えるように専用のアンテナを備えている。ジェニファーは、対衛星用のごついアンテナがそそり立っている携帯電話を劉健に指し示して見せた。

「僕の電話だ！」

無駄と知りつつ抗議して、劉健は携帯電話を耳に当てた。

「はいもしもし、劉健です。……衛星を、買え？　何の話だ？」

劉健の前に立って聞き耳を立てていたジェニファーが妙な顔をした。

「なんの話？」

「マリオ・フェルナンデスってのは、君のところのミッションディレクターだろう。いきなり静止軌道上の情報衛星を、それを五つもまとめて買えといわれても、はいわかりましたと小切手が切れると思うのかね？」

「ありゃま？」

ジェニファーはさらに妙な顔をしてから、意味ありげな笑みを浮かべてみせた。

「マリオが言うんなら、そのとおりにした方が間違いがないわよ。あたしがこの仕事してられるのは、あの子のおかげみたいなものなんだから」

劉健は、不吉そうな顔で目の前のジェニファーの顔を見上げた。

「納得できるだけの説明を聞かせてもらえるんだろうね。それも、用件からするとあまり時間の余裕はなさそうだが」

ジェニファーは、劉健が聞いているはずのマリオの説明は知らない。しかし、ここのところ見慣れている苦虫顔が、昔よく見ただらしないにやにや笑いに変化していくのはよくわかった。

「後で話聞かせてね」

ジェニファーは自分の席に戻った。

マリオとの通話を終えてから、劉健は数カ所に電話をかけて、その合間に瞑耀に細々とした指示を出していた。中国語だから、会話の内容はジェニファーにはわからない。やがて、一通りの連絡を終えた劉健はジェニファーのところにやってきた。

「まったく君は、とんでもないスタッフを抱えているな」

ジェニファーは軽く肩をすくめて見せた。

「他でいろいろと貧乏くじ引いてる分、スタッフにだけは恵まれてるの。いいお買い物はできた？」

「昔から戦争ってのは、金持ってる方が勝ちって言われてるんだが、まさか世界最大の資金源相手にこんなことになるとは思わなかった。ファイブカードは知ってるだろう」

「静止衛星だったかしら？　確か五つ一組で、スペード、クラブ、ハート、ダイヤ、ジョーカーなんて名前がついてるから、ファイブカードって呼ばれてる」

「そいつだ。デジタルサテライト社が、地上だけじゃなくって衛星間や月、宇宙船相手の情報通信にも使っている中継衛星だが、こいつをいますぐ買い占めろときた」

「安くないわね」

言ってから、おおざっぱな値段を暗算したジェニファーはぺろりと舌を出した。

「あなたみたいな資金力があれば、そうでもないか」

「僕の金じゃない」

「それで、買うことにしたわけね」

「君のところのミッションディレクターには商才がある。あれは手のない種族にピアノを売りつけられるタイプのセールスマンだ」

「誉めてるように聞こえないわよ」

「そうかい？　こっちの業界じゃ最上級の誉め言葉なんだが。なにせ、最高級の静止衛星を五つ、ぶち壊すためだけに買わされたんだぜ」

「ぶっ壊すために？　静止衛星五つも？　マリオのやることにしちゃ、らしくないわね」

ジェニファーは考え込んだ。

「なんでも、ジャガーノートが関わる経済活動で、使われている頻度《ひんど》が高くて、しかもファイブカードを中継ポイントにしているケースが多いらしい。今回のクラッキングにしても、ヴェネツィアに置かれていたワークステーションと衛星通信システムは、単に発信ポイントをくらますための囮で、命令系統そのものは各ポイントを中継しているふりをしながらファイブカードから発信されている可能性が高いそうだ。ファイブカードは、去年までの定期点検で、メインコンピュータを超高速の最新型に更新している」

「デジタルサテライトの業績は順調だから。でも、あそこがジャガーノートの隠れ蓑《みの》なの？」

「仮にそうだとしても、デジサットの社員もオペレーターもそうだとは知らないだろう。ファイブカードにしても、世界中にいくつもばらまかれているジャガーノートの影武者と思ったほうがいいかもしれない」

「影武者で囮じゃ、つぶしても意味ないんじゃない？」

「いくつもある頭のひとつだ。静止軌道上にあれだけの電子脳があれば、中継ポイントのふりをして指令を送りだすことも、あるいは発信ポイントを消してネットにウイルスを紛れ込ませることもできる。そして何よりこいつが重要なんだが、もしこいつをつぶすことができれば、短期的にせよ軌道上の商売が割に合わないとジャガーノートに思い込ませられる」

「そのために、わざわざ壊すための静止衛星を買わされたわけ？」

「最終的に破壊しちまうかどうかは、また別の問題だ。それに、ジャガーノートに呑み尽くされちまうはずの利益がこっちにまわってくるとなれば、これだけの投資をした意味もある」

「ジャガーノートがカイロン物産に縮小再生産されただけか」

「そういうことだ。君の希望には沿えないかもしれないが、少なくともこれでしばらくは空の上の平和が保たれるぜ」

また劉健の手の中で端末が鳴りだした。通話を受けようとしたジェニファーを劉健が睨みつける。

「これは、僕の電話だ！　ハロー」

「はいはい、そうでしたっけ」

しばらく相手の声を聞いていた劉健は、憮然とした顔でジェニファーに端末を渡した。

「君にだ」

「あら、誰かしら？」

心当たりはいくらでもあるのだが、ジェニファーは声を整えて電話に出た。

「はい、ヴィクター。ええ、連絡とろうかと思ってたところよ。そっちに帰るのはもうしばらく先になるけど、どうしたの？……静止軌道向けのミッション？ええ、他のと一緒にできるのならそのほうがいいけど。それが不可能なら、最優先でセッティングして。ええ、あたしが許可する。使える物はなんでも使っちゃっていいわ。標的の衛星の所有権に関する問題はまだ解決されたわけじゃないけど、それはあなたたちが心配する問題じゃないから大丈夫。とにかく時間最優先のミッションになると思うから、急いで頂戴」

「社長のオーケーはとれたわ」

ヴィクターは、大西洋上を超音速飛行しているはずのビジネスジェットにつながっていた受話器を電話機に戻した。

「それにしても正気なのマリオったら、二四時間で静止軌道に宇宙船打ち上げろなんて。いくら非常事態だからって、うちのローテーションとかスケジュールとか全部狂っちゃうわよ」

「うちの存続に関わるミッションだそうですから」

こちらはオークランド管制局のマリオと話していたミス・モレタニアが、受話器を耳に当てたままこちらを向いた。

「スペース・プランニングだけじゃ作戦指揮《ミッションディレクション》できないはずだから、オービタルコマンドに手伝ってもらうように。とりあえず中南米上空の静止衛星、ファイブカードのうちのクイーン・ザ・スペードがうちへの割り当て目標だそうです」

「ファイブカードって、デジタルサテライトはオービタル・サイエンスの担当よ。うちみたいな所帯で、あんな大型衛星のメンテナンスなんてどうやれっていうの？」

「いいえ、どうやら今回はメンテナンスなんて穏やかなミッションじゃないみたいです」

幾度か確認してから、ミス・モレタニアは受話器から耳を離した。

「今回のミッションは、衛星撃墜だそうです」

「静止衛星を五基同時に停止させる？」

ミッション計画書、というよりも作戦計画書のような手順書をめくりながら、ガルベスが訊き直した。マリオはうなずいた。

「この三日間、つきっきりで追跡調査と、それから国立公文書館のスタッフにまで協力してもらって、ジャガーノートのだいたいの行動パターンとその動きが見えてきました。その結果わかったのは、ジャガーノートってのは、おそらく世界中どこでも、大金が動くところには証券取引所から国営カジノにまで存在するってこと。そして、その活動の大部分はどこからついてもなんの問題もない合法的なもので、非合法活動についても痕跡が残らないよう、巧妙な偽装工作がなされています。人の記憶よりも公式な記録の方が信頼性が高いのはいまに始まったこっちゃありませんが、こいつは現在の地球上に作り上げられたネットワークを有効に使う、実に効率のいい集金システムですね」

「ここに来てから大分経験値を上げたようじゃないか」

「そりゃもう、経済戦争なんて専門外にどっぷり首突っ込んで、猿のように余分な知恵ばっかりつけてますよ。昔ずいぶん遊んでたのが、こんなところで役に立つとは思っても見ませんでしたけど」

管制センターの仮眠室で、申し訳程度に睡眠をとるのと、あとは居眠りくらいしか安らぐ時間のない生活が続いているから、マリオの目つきはずいぶんと悪くなっている。

「ずいぶんと的確にジャガーノートの本質に迫っているって聞いたぜ。その気があるならコンラッドが就職先を紹介するそうだ」

「自分ならどうするか考えてやってるだけです。ジャガーノートっていう利益誘導体は、おそらく地球上のネットにがっちり根を降ろしちまってますから、地上からこいつを切り離すのは不可能ですが、軌道上ならまだなんとかなるって希望的観測のもとに導き出された結論ですけど」

「それで、ファイブカードの五基同時停止なんて手に出るわけか」

ガルベスは、もう一度作戦計画書を見直した。

スペース・プランニングに爆破予告が届いてからに限っても、州空軍に対する出所不明の命令や、民族思想にかかわりのないテロリストを使った妨害工作は、すでに数十回におよぶ。単なる電子上の妨害工作はさらに数が多い。

今までに蓄積されているデータと、それぞれの命令系統への割り込みなどの形跡を分析することによって、オークランド管制局のマリオ、そしてヴェネツィアに残されていたワークステーションのデータを分析したMITのサイモン研究室、彗星捕獲レースに参加した宇宙船に対するクラッキング調査で協力したスタンフォード大学の電子工学研究所は、ほぼ同じ結論に辿り着いた。

デジタルサテライト社が運用している静止衛星軌道上の高度情報通信衛星、ファイブカードの通称で呼ばれるサットコムに、ジャガーノートと呼ばれる利益誘導体の命令系統の一部が分岐している可能性が極めて高い。

「ジャガーノートってのは、人の判断を介さない利益誘導体ですから、もし一部がつぶされそうになると、その機能を自動的に他に移すことになると思います。ただ、ファイブカードが五基揃って運用開始してから、だいぶ時間が経ってますから、それだけ固有のデータも多くなっているはずで、だから、もしこいつをつぶすことができれば、衛星軌道上、及びそこを経由するはずのジャガーノートの思考にかなりのダメージを与えられるはずなんです」

「インド洋上のジャック・イン・ダイヤは静止軌道のサテライト・ラボにまかせるとして、

「残り四つは自前で宇宙船打ち上げてやらないと届かないと、そういうわけか」

ガルベスは、そのあとに次から次へと追加されたという雰囲気のプリントアウトをぺらぺらとめくった。

「間に合うのか？」

「それが、この作戦における最大の問題点です」

マリオは、まるで盗み聞きされるのを恐れるようにコンピュータルームの中を見回した。

オークランド管制センターは通常通りの業務を続けており、エフレム社による定期巡回も基体エミリーを偽装に使って目くらましされている。ただし、最初の定期検査以来、エフレム社との直通回線を通じたクラッキングは行なわれていない。

コンピュータルームは管制センターの奥深くにあり、窓などひとつも開いていないから、外の光によって時刻を知ることはできない。管制空域全域の時差を表示する二四時間式の大時計によれば、今の時刻は昼の一二時。連日の仕事にダウンしたスゥと、公式業務を休むわけにはいかないコンラッドは、今、コンピュータルームにはいない。

「正直、ジャガーノートがどこにどうやってその目と神経を張り巡らせているのか、いまだに把握できてないんです。ただ、手間取れば手間取るだけ、こいつは自分が狩りの対象だって気がつくでしょう。その場合、こいつは店畳んで夜逃げすればいいだけですから」

「それにしたって、ファイブカードの所有権がカイロン物産に移るかどうかも確認しないうちに、五基全部に対する同時攻撃とは……」

他の会社はともかく、中南米上のファイブカードのひとつ、クイーン・ザ・スペードに対しては、他ならぬスペース・プランニングが攻撃を仕掛けることになっている。しかも、五基の静止衛星をタイムラグなしに停止させなければならないのに、この作戦を立案したマリオはオークランドから動けない。

即応体制を整えている軍でも、地上から緊急発進して届くのは低軌道までである。高軌道への緊急展開は想定されておらず、そこへもっとも早く辿り着けるのは高軌道基地にスタンバイしている救難艇だけである。

「しかも、やることがやることですから、できるだけ、ことを内密に済ませるしかない。どこから何が洩れるかわかりませんから、サテライト・ラボの宇宙船からうちのシャトルまで、全部ダミーの飛行計画《フライト・プラン》でごまかしてます。金に目がくらんでる幽霊なら、衛星に接近してくる飛行物体まではリアルタイムでモニターしてないだろうと思うんですが……」

「それで、こんな後先考えないスケジュールのミッションになるわけか……」

ガルベスは、スペース・プランニングが暫定的《ざんていてき》に組んだミッションスケジュールのページを開いた。ヴィクターがオービタルコマンドのガーランドと組み上げたものらしく、今ハードレイクにある機材を使えるものは全部投入したものになっている。

「しかし、ヴァルキリーを発射母機に使ってのC号機の打ち上げだと。打ち上げ重量がかさむからハスラーを使うわけにいかないのはわかるとして、大丈夫なのか、やっとテスト飛行したただけの機体を発射母機に使うのは？」

「最初はちゃんと、オービタルコマンドのアントノフを借り出す予定だったんですけどね。例の朝の空襲受けたときに流れ弾で主翼をやられたらしくって。おかげで今ハードレイクで使える空中発射母機は次のミッションに備えて分解修理中のハスラーと、第一回テスト飛行を終了したヴァルキリーしかありません。オービタルコマンドに手伝ってもらってハスラーを組み立てるのと、飛ぶことはわかったヴァルキリーを整備するのと、C号機を今回のミッション用にセッティングする時間も必要なんで、早く済む方を選んだようですけど」

「早く済む方ね。そりゃまあ、社長はともかくマリオ抜きで二四時間しか準備期間のない高軌道ミッションなんか組めば、使えそうなありものを全部使う方向になるわな」

ガルベスは、ごく簡単なミッション内容しか記されていないプリントアウトをめくった。飛行目的は微小重力実験、飛行期間は合わせて五日間、パイロットは美紀とチャンが予定されている。スペース・プランニングのスケジュールに入っているミッションが繰り上がったもので、低軌道向けのありふれた飛行である。

他にもオービタル・サイエンス、カイロン物産、コロニアル・スペースなど、前回の彗星捕獲レース、そして今回業務妨害の予告を受け、実際に被害を出している企業が、衛星の定期修理、定時観測、無人探査機の放出などの名目で時間差のある打ち上げ計画を提出していた。

「……空の上で行なわれる民間の協同作戦としちゃ、今までにありそうもない作戦だが、機密はどうやって保たれてるんだ？」

「可能な限り時間を詰めること。あとはネットにつながってるコンピュータを使わない。使う場合にもダミーの飛行計画に従って計画を進行させるということ。ただし、完全に機密が保たれたとしても、最低四カ所で急な打ち上げ計画の変更、あるいは提出が行なわれてますから、営業妨害されてるはずの航空宇宙産業が妙な動きをしてることは隠しようがありません」

「なるほどね」

一通りのミッション内容をチェックしたガルベスは、苦笑いしてプリントアウトを置いた。

「コンラッドが新しい仕事を紹介したがるだけのことはある。こっちの仕事の方がむいてるんじゃないのか？」

「勘弁してくれー」

両手を上げて、マリオは情けない声を出した。

「化かし合いと騙し合いに、はったり裏切りなんでもあり、って化け物相手にしてるんですよ。こんなとこであと二週間も仕事したら、性格変わってしまう」

「これ、飛ぶの？」

発進準備を終えたダイナソアC号機を搭載したヴァルキリーを見た美紀の、第一声がそれだった。

例によって大型機の背に載せる設備がないためにオービタルコマンドの格納庫で行なわれた搭載作業のあと、M1戦車のジェットタービンとキャタピラの音とともに引き出されてきた白い怪鳥は、中天に昇った強い太陽光のおかげで、その異形が余計に強調されているように感じる。

「飛ぶのとは、ご挨拶ねえ」

大型機の上にブースターを背負い式搭載《ピギーバック・ライド》したときに使われる、タラップ付きのクレーン車のゴンドラに一緒に乗っているヴィクターが目を細めた。

前回の超音速飛行テストではがれた耐熱塗料は応急処置でタッチアップされており、ダイナソアの形状に合わせた大容量コンフォーマルタンクも固体ロケットブースターも白いから、格納庫前のコンクリートの上をゆっくり進むヴァルキリーは岩石砂漠に出現した前衛的な芸術作品のように見える。

「できれば実際に飛ばして空力データが欲しいところだけど、いくらなんでもこのスケジュールじゃそれは無理だから。大丈夫、空力重心は合わせたし、重量計算も検算してあるから飛ぶのに問題はないはずよ」

「いえ、あの、そういう問題じゃなくて……」

美紀は、デルタ翼のほぼ中央に張りついているブースター付きのダイナソアの取り付け部分を指した。

「なんか、ひっくり返ってるように見えるんですが」

「ああ、ヴァルキリーとダイナソアの結合《メイティング》ね。あそこはもう、時間なかったから」

「そんなに自信たっぷりに断言しなくても……」

「だって、うちのダイナソアよ。ハスラーから飛ばすのが基本だから、ドッキングラチェットも配管も吊り下げが基本になってるのを、ヴァルキリーってそんなこと考えてないから胴体の上に積むしかないじゃない。いったいどうやってダイナソアを空に持ち上げられるようにするのか、上下逆さに搭載するって方法思いつくのにしばらくかかっちゃった」

「合理的なんだかどうだかわかりませんが……」

美紀はあらためて、ヴァルキリーのデルタ翼の上に黒い耐熱面を見せて上下逆さまに搭載されているダイナソアを見た。白いヴァルキリーの背面に、くっきりと黒い底面を見せた宇宙機がブースターごと逆さまに結合されているのを見ると、それが飛ぶどころか空の上にまで行くためのシステムとは信じ難いものがある。

「そうそう、接続は逆さまだけども、あとはあんまり変わってないから心配しないでね。それより、接続システムがほんとに応急にでっち上げただけで、機体上面を開いてヴァルキリーの主構造《メインフレーム》にまで手をつけられなかったから仮止めしてあるだけなの。大佐にはできるだけおとなしく飛ぶように言ってあるけど、うっかり無理な荷重をかけたらとれちゃうかもしれないから、そしたらうまくリカバーしてね」

「……できるだけ高い高度ではずれてくれるように祈ります」

美紀は溜め息をついて、ひっくり返っているダイナソアを見た。これから先、ヴァルキリーは液体燃料充塡《じゅうてん》区画に移動、ブースタータンクに液体酸素と液体水素を充塡し、その間に美紀はダイナソアに乗り込んで飛行前チェックを行なわなければならない。

もうひとり乗り組み予定のチャンは、スペース・プランニングのオフィスで飛行計画の打ち合わせとすり合わせを発進時間までやっている。

「……乗れるんですか、あれ？」

「大丈夫、あなたの体格なら機体の後ろから潜り込めるはずよ。問題はチャンだけど、乗り込むときに薄着になってもらえばいいと思うから」

ヴァルキリーが、クレーン車の前で停止した。ゴンドラが、鋭いデルタ翼を持つヴァルキリーの上面に近づいていく。

「そうそう、特殊なケースなんで、こんな場合のマニュアルなんかないの。気休めにしかならないと思うけど、乗り込んだら液体燃料の充塡が終わるまでハッチは閉めといてね」

「了解しました」

浮かない声で言って、美紀は広大な面積を持つヴァルキリーのデルタ翼に飛び降りた。

「上下反転機能付きのディスプレイで助かったわあ」

天井に逆さに取りつけられている二つの射出座席の間、足もとのオーバーヘッドコンソールを引っかけないようにちょこんと座り込んで、美紀は上下が反転したままのダイナソアの操縦室で飛行前チェックを続けていた。宇宙空間に出れば上下などないから反転した操縦室など珍しくもないが、天井に重力がかかった状態で延々とチェックを続けるのは初めての経験である。

計器パネルのアナログメーターはそのままチェックするしかないが、主要装備の多機能《マルチファンクション》液晶ディスプレイは上下を反転して表示できるから、逆さになっているダイナソアの中でひっくり返って作業を続ける必要はない。

「それにしても、チャンの奴遅いわね」

美紀は、計器盤のアナログ時計と自分の腕時計を見比べた。そろそろ液体燃料のブースタータンクへの充塡が終了するはずだが、スペース・プランニングにいるはずのチャンからはまだ連絡が入らない。

「あいつが来てくれないと、上がってからなにするかわかんないのになー」

「すまん、遅くなった」

結局、チャンが逆さになったダイナソアに乗り込んできたのは、ダイナソアが液体燃料の充填を終え、ヴァルキリーが主滑走路に引き出されて発進準備の万端が整えられてからだった。

「遅い！　どこでなにしてたのよ！」

「いや、大佐が面白がっていろいろと余分なもん積み込んだらしくって、そいつのレクチャー受けてた、のはいいけど」

背面同士で結合されたヴァルキリーとダイナソアの隙間から苦労して潜り込んできたチャンは、逆さになっている機内でハッチを閉鎖した。

「閉鎖確認。そっちで気密とロック確認してくれ」

「気密、ロック、確認。すぐに動き出すわよ」

機体ごと逆さまに取り付けられているから、ただでさえ前方視界のよくない前面風防も塞がれて、ダイナソアの機内には人工照明しかない。ディスプレイは逆さに表示できても、ワイヤレスのコントロールキーボード以外は正位置のままだから、右側のシートの下で妙な具合に身体をひねって美紀はダイナソアのロックを確認した。

『こちらXボンバー、Dバードどうぞ』

ダイナソアの軍用の形式名で呼ばれたので、美紀が呼び出されているのが自分の機体だと気がつくのに一瞬、間が開いた。美紀はかけっぱなしのヘッドセットのマイクに指を当てて答えた。

「はい、こちらダイナソア、C号機、発進準備完了してます」

『こっちのフライト準備も完了した』

操縦席でヴァルキリーの操縦桿を握っているはずのガーランド大佐が答えた。

『しかしまあ、整備の手伝いしてるときから思ってたが、とんでもない機体だなこいつは。お前さんとこ、本気でこいつを空中発射母機に使うつもりかい？』

「今回が第一回の空中発射実験になります。ほんとうだったらこんなに間に合わせの結合で、しかもまともに飛ぶかもわからないような空中発射は、何度かテストして安全が確認されてからの方がよかったんですけど」

『物事を成功させる秘訣《ひけつ》を教えよう』

声のバックに、スイッチを入れていく音が聞こえる。エンジンの始動シークエンスを開始したらしい。

『途中どんなトラブルが起きようと、その場は何とかごまかして最終的につじつまがあえば、世間ではそれは成功って呼ばれるんだ』

「なるほど……」

『エンジン全基始動、滑走開始。いっちょぶわあーっと行ってみようかあ』

景気のいい台詞と裏腹に、予想外に丁寧なスロットルワークでヴァルキリーの推力が上げられた。騒音規制などなかった時代に大推力のみを追求して製造されたターボジェットが、唸りを上げて重いブースターをつんだ怪鳥を滑走路に押し出す。

全長五〇〇〇メートルの主滑走路の大半を使って充分に速度を上げたヴァルキリーは、ゆっくりと機首を上げて空に構えた。首脚《ノーズギア》に続いて主脚《メインギア》が滑走路を離れ、空の高みに向けて昇り始める。

上空を、チェイサーに選ばれたオービタルコマンド所属のF－4ファントムとNF－104がペアを組んで駆け抜けた。

『三万メートル、マッハ三からズーム上昇とは……』

ヴァルキリーの操縦席で発射手順を確認したガーランド大佐はつぶやいた。すでにエンジンは最大出力、アフターバーナーも全開で焚き込まれ、ヴァルキリーは自らが発生する衝撃波に乗って飛翔するウェイブ・ライダーとなっている。

『念のために確認するが、このタイプの飛行実験はやってるのか？』

『最初の飛行実験があの騒ぎで中止されてるのに、さらにバリエーションなんかやってる暇ありません』

ハードレイクのミッションコントロールでヴィクターが答えた。

『ニュー・フロンティアの実験飛行では似たような飛行パターンがあったようですけど、実際に打ち上げ用のペイロード抱えてのズーム上昇はこれが初めてになります。今まで操縦してておわかりとは思いますけど、相当に反応のダルな機体ですから気をつけて』

『反応が鈍《ダル》いってのは、もう少しこっちの思いどおりに飛んでくれる機体のことを言うんだ。ガルベスから話にゃ聞いてたが、舵《かじ》さえつければ水道管の方がもっとまともに飛んでくれるはずだぜ』

「言ってる言ってる」

逆さの操縦席にぶら下がったまま、最終の計器チェックを行ないながら美紀が言った。事態が事態なので、ダイナソアの電源は離陸前から自前のバッテリー供給に切り換えられており、背面という特殊な飛行状態であることをのぞけばすべての機器は正常に作動している。

『それより、こっちのモニターだと、仮止めしただけの結合部分《メイティング》がときどき警告灯《ワーニング》点いてるのよ。軌道上管制局の許可は出てるから、できれば始めてもらえないかしら』

『聞いた通りだ、Dバード。そっちの準備ができてるんなら放り出しはじめるぞ』

「はいはい、始めてもらって結構です」

キャビンの後ろで何やらごそごそやっていたチャンが、パイロット席に戻ってきた。自分の身体を逆さにシートにはめ込んで、なんとかシートベルトを締めていく。

『よおし、最終上昇シークエンスに入る。承知してるとは思うが、今回はありあわせの機材を間に合わせで組み合わせただけだから、自動シークエンサーなんぞ存在しない。ズーム上昇を開始して、弾道飛行の頂点になったら自分でDバードを切り離して飛んでいけ』

「了解です」

操縦系統がフルマニュアルに切り換えられているのを確認して、美紀は操縦桿を握った。

「早いとこ済ましてください。でないと、宇宙《そら》に出る前に頭に血が昇っちまう」

操縦士席のチャンが、メインスロットルレバーに手をかけた。

『ズーム上昇を開始する。高度三万、……三万五〇〇〇、きしょうめ、話にゃ聞いてたが上向くだけで上昇しねえぞ！』

「そのまま待っててください」

自分が乗っていたときのことを思い出して、美紀はインカムに言った。

「そのうち反応しはじめますから」

『高度三万一〇〇〇、二〇〇〇、よおし、上がりはじめた』

ズーム上昇は、飛行機の速度を上昇力に変換して高度を稼ぐ飛び方である。エンジン全開のまま成層圏からの上昇を開始したヴァルキリーは、放り投げられた石のように速度をじわじわと落としながら高度を上げていく。

突貫工事で結合作業が行なわれたから、ダイナソアにはヴァルキリーからの飛行データを受け取るための結線などはされていない。美紀は作動しているダイナソアの慣性航法装置《INS》から演算によって導き出される現在の飛行状況をモニターしながら、切り離しからの飛行シークエンスを頭の中でシミュレーションしている。

『高度四万！　エンジンがかろうじて回ってるだけだ、下手すると失火《ストール》するな、これは』

「高度四万五〇〇〇で切り離します。切り離しと同時にそちらは降下開始してください」

『了解だ。そっちでカウント入れてくれ！』

「了解、カウント一〇から始めます。チャン、大丈夫？」

「液体エンジン、固体ブースターともに異常なし。飛行中止するような要素はどこにもない」

「ダイナソアよりXボンバー、カウントダウン開始します。切り離し一〇秒前、九、八」

ヘッドアップディスプレイに表示される数字を読みながら、美紀は操縦桿を握り直した。頭の方に重力がかかっている違和感は、離脱上昇の開始と同時に加速のために消えるはずである。ダイナソアに装備されているエンジンは、燃料を重力で移送するタイプではないから、背面飛行のままでもエンジン始動には問題ないはずだった。

「メインエンジン始動シークエンス開始、燃料噴射、点火！」

ダイナソアの後ろから、鈍い爆発音に続いて液体水素と酸素が爆燃反応する轟音が伝わってきた。

「点火確認！」

「ダイナソア切り離し、用意！　三、二、一、〇！」

美紀は、センターコンソールの切り離しレバーを入れた。逆さになっているダイナソアの機体に、軽いショックが伝わった。同時に、コンフォーマルタンクに全部を囲まれている風防に真っ黒な空が見えてくる。

「切り離し確認！」

ダイナソアとヴァルキリーの間から、仮止めされていたトラスフレームが爆発ボルトによって切り離された。昼間なのに空が黒くなるような高度で、ヴァルキリーの背からブースタータンクを抱えたダイナソアが飛び出す。上昇姿勢をとっていたヴァルキリーがゆっくりと水平に機体を戻そうとするが、大気が薄くなりすぎているためにすぐには姿勢を変えられない。

『切り離し確認！』

同じ台詞が、ヴァルキリーの操縦席からも返ってきた。

『こっちのエンジンは今にも溺れそうだ、先に降ろさせてもらうぜ』

「メインエンジン出力上昇！」

二段燃焼エンジンを出力八〇パーセントに入れて、チャンは背面になっている頭の上に見えている白い怪鳥を確認した。切り離し直後だというのに、まだ意外なほど近くにいる。

「どうする？　このままフルパワーに入れるか？」

「待って！　あの図体でコントロール利いてないのよ、下手な推力噴きかけたら落としちゃう！」

やがて、自身の産み出す衝撃波に乗って飛ぶヴァルキリーはゆっくりと降下を開始した。

高度五万近いヴァルキリーの飛行姿勢が安定しているのを確認して、美紀は指示を出した。

「出力一〇〇パーセント、固体ロケットブースター点火して！」

「待ってました！　エンジンフルパワー、ブースター点火！」

　黒い空を飛ぶヴァルキリーを、固体ロケットブースターの破壊的な光芒《こうぼう》が照らし出した。オレンジ色の長い焔を曳《ひ》いて、ダイナソアが上昇を開始する。


　時を同じくして、テキサス州ダラスのフォートワース空港から、オービタル・サイエンス所属のスペースプレーンが飛び立った。サンフランシスコ湾の一番奥にあるモフェットフィールドからカイロン物産所属の空中発射母機が飛び立ったのはそれよりわずかにあと、ハワイ沖の発射リグからシーラウンチのポジトロンロケットが打ち上げられるのは、空中発射母機やスペースプレーンの発射が確認されてからになっている。

「にしても、静止衛星軌道上で宇宙機の五機同時運用なんて……」

ダイナソアの空中発射を確認したヴィクターが、ハードレイク最大のミッションコントロールセンターナンバー1のメインスクリーンを見上げた。

　今回の目標高度は地上三万六〇〇〇キロ、地球直径の三倍近くも上だから、コンピュータ映像によってイメージ化された地球も今回はスクリーンの中央に小さく映し出されている。その赤道上空、地球そのものの直径も入れて直径九万キロもの空間が、今回のミッション空域になる。

しかし、オービタルコマンドに全面協力を仰いでスタッフを増員しているにもかかわらず、広大なミッションコントロールセンターは閑散とした印象を受ける。

「そう複雑なことをさせるわけじゃない」

聞き覚えのある声にはじかれて、ヴィクターは思わずディレクター席から振り返った。車椅子をガルベスに押されて、マリオがミッションコントロールセンターに入ってきた。

「あらあ、お帰りなさい。いつ戻ったの？」

「たった今。どっちにせよ、いつまでもオークランド管制センターのコンピュータ借り切ってるわけにもいかないもんで、後始末はスウに任せて引き揚げてきた」

ヴィクターは、車椅子の後ろのガルベスと、マリオの顔を見比べた。

「……僕の顔になんかついてます？」

「いえ、ずいぶん目つきが悪くなったなと思って」

「ああ、そう、やっぱり……」

ずーんと落ち込んだ顔で、車椅子に肘をついたマリオは首を落とした。

「オークランドに呼び出されてから、陽もささない管制センターの奥で過労、寝不足、眼精疲労に神経衰弱、おまけに食事はデリバリーのピザやらハンバーガーやら、絵に描いたようなアメリカンな食生活でしたから、そりゃあもう不健康にはなってるでしょう」

「おまけに、やってたのはジャガーノート相手の電子戦争だ。あと一週間もあそこにいれば、そのうち角《つの》と先の尖った尻尾が生えはじめるぞ」

「尻尾が生えてる奴を置いてきましたから大丈夫です」

「大丈夫なの？」

「どうせあと一二時間以内に、すべての片がつくはずですから。で、現在の状況はどうなってます？」

「ご覧の通りよ」

ヴィクターはメインスクリーンを指し示した。

「今、うちのダイナソアが無事ヴァルキリーから切り離されて、静止トランスファー軌道にあがってるところ。ヴァルキリーの方はやっぱりエンジンがおかしいらしいんだけど、こっちも今、帰還コースに乗ってるわ。ただ、今回はほんとに間に合わせだったから、帰ってきたら結合部分のチェックとか、飛行データとか、いろいろやらなきゃならないことはあるけど」

ダイナソアを示すシンボルが、現実の観測衛星のリアルタイムデータから合成された本物そっくりの地球の映像の表面に張りついて、じわじわ動いている。すぐ近所には、ダイナソアよりだいぶ大きなスペースプレーンが同じようなパターンで動いており、こちらは低軌道から高軌道向けのシャトルを放出するはずだった。

「他の宇宙船は？」

「サテライト・ラボからジャック・イン・ダイヤに向かうはずの軌道船は、さっき出港準備が終わったって連絡が来たわ。カイロン物産のアントノフはもうすぐ連絡艇を空中発射するし、シーラウンチもハワイ沖のポジトロンロケットがカウントダウンに入ってる。ファイブカードを監視しているはずのシュピッツァー・ステーションからも、作戦終了まではジャガーノートの動きをモニターしているはずのオークランドからも、今のところ異常事態の連絡はなし。作戦は順調に進行中、ってところかしら」

「でっち上げの作戦を寄せ集めの機材で進めてるにしちゃ、上等ですね」

コンソールのディスプレイに表示されている、それぞれの衛星に向かう予定の宇宙船の現在の状況を確認して、マリオはうなずいた。

管制卓のひとつで、電話のベルが鳴り響いた。軌道管制担当の女性オペレーターが受話器をとる。マリオは、不吉な予感を覚えて電話に出た顔見知りのオペレーターを見た。

「ハードレイク、ミッションコントロールです。……ＳＦコマンド？　アントノフで上げる予定だった連絡カプセルにトラブル⁉」

「あちゃー……」

車椅子のマリオは頭を抱えた。

「そろそろなんか起きる頃だとは思ってたんだ。ここまで異様に順調だったんだから」

「カイロン物産の担当は、太平洋上のブラック・ジョーカー……」

一度は立ったミッションディレクター席に戻ったヴィクターが、キーボードを叩いて必要なデータを呼び出した。

「ここまで来てジョーカーにトラブルとは、できすぎてるわね。どうする？」

「SFコマンドは、今回の打ち上げ延期を決断しています！」

受話器片手のオペレーターが告げた。かつてニュー・フロンティアの総司令部だったSFコマンドは、現在はカイロン物産が扱う軌道上のミッションをコントロールしている。

「モフェットフィールドで新しい機体の準備に入りましたが、どれだけ急いでもあと一二時間かかるそうです！」

「……今回のトラブルが、人為的な妨害かそれともいつもの確率論のうちなのか、大至急確認するようにSFコマンドに伝えてちょうだい」

太平洋上に飛び立った空中発射母機から送られてきたデータを見ながら、ヴィクターは言った。

「ここまで来て他からの妨害が入るようなら、この作戦全体の中止まで考えないといけないわ。それと、他の人たちは世界中の基地にあたって二時間以内に代わりの機体を静止軌道まで上げられるかどうか、急いで聞いてみて。もう三機の宇宙船は作戦行動に入ってるのよ、早く！」

管制卓に散っていたオペレーターが、あちこちに連絡を取りはじめた。何人かはミッションコントロールルームから飛び出していく。ヴィクターは、マリオに振り返った。

「帰ってきたそうそうでご苦労さんだけど、他に何か打てる手はあるかしら？」

「手持ちの宇宙船四機で、五基の静止衛星を同時に黙らせる方法ですか。……軌道上をうろついてる宇宙船の飛行予定を見せてください」

「こんな感じよ」

ミッションディレクター席から椅子ごと滑らせて管制卓を移動したヴィクターは、静止軌道までの広大な空間が映し出されていたメインスクリーンに、他の宇宙機の情報を全部重ねて映し出した。

「いきなりの飛行計画で、しかも他とかち合わないように軌道管制局に申請しなきゃならないから、むこう七二時間の高軌道飛行は全部フォローしてあるわ」

地球と、直径にしてその五倍近くある静止軌道のリングの間に、いくつもの楕円軌道が描き出された。低軌道までならば毎日のようにシャトルが飛んでいるが、静止軌道以遠の高軌道に飛ぶ宇宙船は数が限られる。

「むこう二四時間だと？」

「こうなるわね」

ヴィクターは、映し出された軌道飛行計画のうち、静止軌道到達、あるいは静止軌道を横切るのが今から二四時間以内になる飛行計画のみを選択して、メインスクリーンに映し出した。飛行計画を秘匿《ひとく》するために、スペース・プランニングとオービタル・サイエンスの飛行は低軌道向けミッションで提出されているから、二四時間以内に静止軌道を飛ぶミッションはサテライト・ラボの実験飛行、コロニアル・スペースの月基地への補給船、シーラウンチの観測衛星の打ち上げくらいしかない。

「他に事情を話して手を貸してもらえるような状況にはなし、と。作戦全体を一二時間も遅らせたら、ファイブカードのうち四つに飛行計画にない宇宙船が接近することになるから、さすがにジャガーノートがそこまで間抜けであることは期待しないとして、そうするととれる手段は……」

「だから、なんであんたまでついてくるのよ！」

「ぼくが買った衛星だよ。息の根が止められるところくらい、特等席で見物する権利はあると思うけどね」

「あんたの金じゃなくてカイロン物産の金でしょうが！　だいたい仮契約の手筈《てはず》整えたってだけで、まだ一セントも払ってないんでしょ。とっととあの悪趣味なビルに帰って仕事しなさいよ！」

ミッションコントロールの自動ドアが開くと同時に、罵声《ばせい》が飛び込んできた。

「あら社長、お帰りなさい」

ヴィクターがジェニファーに手を上げた。ミッションコントロールに一歩足を踏み入れたジェニファーは、まだなにか言いたそうな劉健の口の前に手を上げてメインスクリーンと中の様子を見渡した。

「……帰るそうそう騒がしくしてごめんなさいね。それで、今度はどんな問題が起きてるの？」

「よくおわかりで」

ミッションディレクター席に着いたマリオが、振り向きもしないで言った。

「ここの様子見れば、またなんかろくでもない展開になってることくらい一目でわかるわよ。うちのごろつきどもは元気でやってるようだから、問題は他で起きたの？」

「カイロン物産が空中発射をドジったのよ」

ヴィクターは発生した事態を手短に説明した。能天気な横顔を睨みつけたジェニファーがうなり声を上げる。

「劉健！」

「カウント二〇でメインエンジンに異常が発見されたの。今、代替機を準備中だけど、どれだけ急がせても今回の作戦には間に合わないわ」

「ぼ、ぼくの責任かい？」

「四万キロおきに五基配置されてる静止衛星襲撃するのに、使える宇宙船が四機しかなくなっちゃったのよ。衛星四基だけ相手にして、残り一基は見逃すってわけにはいかないのよ！」

「ふむ……」

劉健は、雑多な情報が表示されているメインスクリーンを見上げた。手近のコンソールに歩み寄り、備え付けの電話の受話器を取り上げる。

「ちょっと借りるよ」

テンキーで電話番号を打ち込む劉健を、ジェニファーは胡散臭《うさんくさ》そうに眺めている。

「なにやるつもり？」

「ようするに、手が回り切らない衛星にがつんと一発喰らわせてやればいいんだろう。ラグランジュ・ポイントの太陽発電衛星なら、衛星の一基くらい簡単にオシャカにできるレーザー砲がある。ああ、もしもし、ぼくだ。ソーラーサテライトの所長を呼び出してくれ」

問い合わせの結果はすぐに出た。

「レーザー砲は今、分解整備中？　使えるのはマイクロ波送信だけ？」

「つっかえないわねえ……」

吐き捨てたジェニファーを横目で見ながら、劉健はなおも食い下がった。しばらく向こうの説明を聞いてから電話を切る。

「聞いた通りだ。送電用のレーザー発振システムは、次の火星行き宇宙船への送電実験のために現在整備中で、とりあえずある部品をつなげるだけでも二四時間かかる。地上へのマイクロ波送電の営業運転がもうすぐ開始の予定だから、残念ながらレーザーによる狙撃はできない。射程二〇〇〇万キロのレーザーがあれば衛星なんぞいちころだと思ったんだが……」

「いいわよ、あてにしてないから。ねえ、軌道上でも地上でもいいから、なにか直接狙えるような実験用レーザーとかビーム砲って配置してないの？」

ジェニファーに訊かれて、マリオとヴィクターは顔を見合わせた。

「心当たり、あります？」

「そんなものがあれば、軍が軌道兵器の迎撃に喜んで使ってるでしょうねえ」

「軌道兵器か……」

マリオは考え込んだ。宇宙空間の利用は平和目的に限定されているなどというのは表向きだけの話で、軌道兵器と呼ばれる物騒な機能を持った衛星はいくらでも軌道上に存在する。ただしそのほとんどが、有事に際して敵側の偵察衛星、通信衛星などの撃墜を狙ったものであり、偵察衛星の精度を上げるもっとも簡単な方法は軌道高度を下げることだから、それらを仮想敵とする軌道兵器も低軌道にしか存在しない。

「静止衛星まで届くような軌道兵器なんかないし、残念なことに、こういうときに限って衛星に被害を与えそうな流星雨の予定もない。カイロン物産の準備が整うのを待って作戦開始を一二時間遅らせるか、こっちの企みがばれるのを承知の上でとりあえずファイブカードの四つをつぶすか……」

「スペード、クラブ、ハート、ダイヤの四枚をつぶしても、オールマイティ《ジョーカー》を残したら勝てないでしょう。衛星の指揮権《コマンド》がカイロン物産に移れば、カイロン物産から強制停止命令出すとか、電気切っちゃうとか、できないの？」

「そんな簡単に衛星の息の根止められれば、こんな手間のかかる方法はとりません」

社長に言って、マリオはメインスクリーンに顔を上げた。

「マリオ！」

管制卓についていたオービタルコマンドのオペレーターが、椅子ごとミッションディレクター席に振り向いた。

「うちの司令官から連絡が入ってる。直接話したいって」

「ガーランド大佐が？」

大佐が操縦するヴァルキリーは、ハードレイクへ帰還途中のはずである。管制塔《コントロール》でなく、ミッションコントロールセンターに連絡してきた事情を考えながら、マリオは管制卓のヘッドセットを耳に当てた。

「はい、こちらミッションコントロール、マリオです」

『ようマリオ、お帰り。時間がないから積もる話は事が終わってからのんびりやるとして、騎兵隊の数が足りなくなったそうじゃねえか』

「よくご存じで……」

どうやら無駄話のために連絡してきたのではないらしいが、首を傾げてマリオは大佐の次の台詞を待った。

『どうせこんなことになるんじゃないかと思って、お前さんところのDバードに、とっときの秘密兵器って奴を積んどいた。使い方はチャンに教えといたから、なんとかなるはずだ』

「秘密兵器、ですか？」

マリオはさらに首を傾げた。ダイナソアの打ち上げには関わっていないから、すべてのペイロードをチェックしたわけではないが、小型のシャトルに積み込めるものは限られる。

『いいから、Dバードのクルーに連絡とってみな。今ならまだ、ちっこいペイロードを放り出して静止軌道の到達ポイントを変更できるはずだ』

「はあ、了解しました」

「そりゃ今なら自前の燃料たっぷり残ってますから、再点火して静止軌道の目標ポイントを七二度ばかり変えるのは不可能じゃありませんけど……」

軌道高度を上げるメインエンジン噴射を終了し、ダイナソアを目標ポイントへの遷移《せんい》軌道に入れた美紀は、現在高度と位置、軌道傾斜角、機体速度などを確認しながらハードレイクからの連絡に答えた。急遽でっち上げられた飛行計画にしては、飛行精度は悪くない。

「なんの話です？」

『ファイブカードに飛ばす予定だった五機の宇宙船のうち、ブラック・ジョーカーに向かう予定の一機がトラブった。てわけで、C号機でブラック・ジョーカーとクイーン・ザ・スペード、ふたつを相手にしてほしい』

「どうやって⁉　同じ静止軌道の隣同士だっていったって、ジョーカーとクイーンは直線距離で四万キロも離れてるんですよ！」

「これかあ！」

　話を聞いていた隣のチャンが、うめき声とともに両手で頭を押さえた。

「なによ」

「いや、ガーランド大佐が、戦争するんだろって言って、今回のミッションのためにペイロードに積み込んだもの、知ってる？」

「知るわけないでしょ、どうせリストに書いてないんだし」

「オービタルコマンド特製、戦闘用有人《M》機動《M》ユニット《U》。信じられるか、ノーマルの有人機動ユニットの推力と推進剤増加したただけじゃ足りなくって、小型の航法装置《ナビゲーションユニット》にどっから持ってきたのか知らないけど実弾装填済みのロケットランチャーが四本もくっついてるんだぜ」

「……うっそ」

　ずらずらと説明されたものの正体も想像できずに、美紀はそれだけいうのが精一杯だった。

　通信回線がつながりっぱなしのコントロールで、過半数を占めるオービタルコマンドのスタッフがどっと受けてる気配が聞こえる。

『兵装関係なんか、ぼくは知らないぞ！』

即座にマリオが返してきた。

『これは通常通信だ、うっかりしたこと口走るんじゃないチャン！』

「あ、ごめん。自前で固体ブースターを備えた超小型飛翔体だった。ほら、別に爆発物を持ち出すことそのものは規定違反じゃないから」

『そういう問題じゃない！　大佐！　なんてもの用意してくれたんです⁉』

『だからな、今ならまだ軌道変更してDバードをブラック・ジョーカーに飛ばせるんだろ』

ヴァルキリーで帰還途中の大佐が通信に加わってきた。

『Dバードが今クイーン・ザ・スペードに向かうトランスファーに乗ってるのなら、宇宙服ごとMMUを放り出せば黙っていてもクイーンに手が届くぜ』

「ええと」

シートベルトをはずしたチャンがパイロット席から立ち上がった。

「どうしたの？」

「だからさ、成功するためには、いろいろとごまかすとかしてなんとかつじつまあわせるべく努力する必要があるわけだ。いったんMMU背負って飛び出したら、次に回収してもらえるまでトイレにも行けないんだぜ。出すもん出して、入れるもん入れとかないと、死んじゃう」

「なんであなたが行くって決めるのよ」

「美紀の方が生命維持に必要なエネルギーも必要酸素量も低い。そりゃわかってる。けどな、大佐のおもちゃの扱い方教わってんのはおれだけなんだ。そっちものんびりできないはずだぜ。こっちはもうクイーンへのトランスファーに乗ってる、行き先をジョーカーに切り換えないと、作戦開始に間に合わないぜ」

まだなにか言いたそうな目でチャンを見てから、美紀は通信に戻った。

「えー、事態は了解しました。のんびり議論してる暇なんかないんでしょ、トランスファー軌道変更のためのデータを送って。チャンが機動ユニットでクイーン・ザ・スペードに、C号機は軌道変更して太平洋上のブラック・ジョーカーに向かいます」

『だから、軌道上で勝手にもの決めるなって何度も言ってんだろうが!』

「中止を勧告するなら今のうちよ。船外活動《EVA》をできるだけ早く始めないと、それだけ軌道変更が遅くなって余分な推進剤と時間が必要になります」

『ああ、もう、どうしてここに来るといっつもこうなるんだ。わかった、船外活動準備を始めてくれ。ハードレイクはチャンの出撃準備が終わるまでに、これからの飛行を検討し直す』

極限まで軽量化された小型機であるダイナソアには、エアロックはない。船外活動などで外に出るためには、減圧された船内で宇宙服を着用してからハッチを開放し、船内の空気を抜いてキャビンそのものをエアロックとして出入りしなければならない。

『四〇パーセント気圧までなら減圧症の心配はないちゅうてもだなあ』

チャンは、宇宙服の生命維持装置を確認している。

『いきなり船内空気を純粋酸素に切り換えて、こんな乱暴な減圧かけるのは初めてだぜ』

『時間がないのよ』

先に船外作業用の宇宙服を着込んでいる美紀は、そのままでは入り込めないから通常のシートをできるだけ後ろに下げた状態で操縦席にはまり込んでいた。

『問題ないようなら、最終減圧開始するわよ』

『始めてくれ』

もう一度自分の宇宙服の気密を確認して、美紀は船内の最終減圧を開始した。乗降ハッチの下に飛んだチャンが、ハッチのロック解除を開始する。ダイナソアのハッチは飛行機と同じで、外側よりも内側が大きく作られているから、内圧がかかっていれば自然に開いたりする心配はない。

減圧症を避けるため、宇宙服の中はまだ四三パーセントほどの気圧を保っている。機内の空気が抜けるにつれて、宇宙服がぱんぱんに膨らんでくる。

『はい、ハッチ開けても大丈夫よ』

『ハッチ、オープン』

真空状態でも通信回線が正常に作動するのを確認しながら、チャンはアクチュエーターで押さえつけられていたハッチのレバーを引いた。ハッチが一度内側に浮き、船内に微かに残っていた空気は外部の高真空に吸い出される。最後のつむじ風がキャビンを駆け抜けたあとは、ダイナソアは静寂に包まれる。

内側に浮いたハッチを斜めにして外壁をくぐらせ、チャンはダイナソアの乗降ハッチを大きく開いた。

『貨物庫《カーゴベイ》のドアは開いてるわ』

『そんじゃ、行ってくるわ』

まるで近所にちょっと買い物に出かけるような気軽さで手を上げて、チャンはダイナソアの機外に出た。これからカーゴベイに移動、オービタルコマンドから貸し出された有人機動ユニットを背負ってダイナソアから離れ、静止軌道までの長い別行動をとる。

事前の予定では機動ユニットのセットアップと切り離しに一〇分、トランスファー軌道であと一〇時間、その間に短時間の速度調整と軌道修正を繰り返して中南米上空の情報通信衛星――ファイブカードのうちクイーン・ザ・スペードのコードネームで呼ばれる衛星と接触する。

『ぱ、ぱわあどすーつ……』

『なんだって？』

カーゴベイで戦闘用機動ユニット《MMU》を宇宙服に背負ったチャンが最後の挨拶にダイナソアの機首に回り込んできたとき、美紀は宇宙服の中で吹き出しそうになった。

『いえ、あの、かっこいいわよ、昔のなんかみたいで』

『なんかってなに』

チャンにも、自分がどういう姿に見えるのか想像はついているらしい。ノーマルなら白い耐熱塗装のはずのＭＭＵは、軍用じみた薄い灰色に仕上げられ、しかも全体的に大型化している。

それだけならまだしも、頭の上には地上との通信もできるようなアンテナユニット、機体の両側には電力供給の足しにでもするつもりかまるで翼のように太陽電池パネルが広がっており、問題のロケットランチャーは肩のサイドに左右ふたつずつまとめて取り付けられている。

腰の下にも予備タンクが追加装備されており、全体の重量は通常のＭＭＵの二倍近いかもしれない。セッティングされた状態ではわからないが、機動力が上がっている分、宇宙服とユニットとの結合も厳重になっているはずである。

『まあさか、こんな吹きっさらしで静止軌道にトランスファーするなんて思ってもみなかったぜ。こちらチャン、ハードレイクどうぞ』

自前の通信システムの確認のつもりで、チャンは地上に呼びかけてみた。応答の代わりに大爆笑が返ってきた。軌道上のチャンの映像は、ダイナソア側のモニターカメラで地上に送られている。

『ちきしょー、受けてやがる』

『ご、ごめんチャン、かっこいいぞ。そのまんまスクリーンデビューできそうだ』

『仮装行列の罰ゲームやらされてる気分だぜ。何ならこのまんま大気圏突入してやろうか』

『大丈夫。今の到達速度なら、どれだけがんばっても地上に落ちるような減速はできないから。通信状態には問題ない？』

『問題ない。後ろで笑い転げてる社長の声までばっちり聞こえてるぜ』

『君のトランスポンダーもこっちで確認できてる。しばらく単独飛行してもらうことになるが、回収の手筈まで準備万端整ってるから、気を楽にもって遊泳しててくれ』

『へいへい。どうせ衛星ぶち壊すまではやることないんだ、居眠りでもさせてもらうぜ』

『ガーランドだ。聞こえているか？』

ミッションコントロールからの声が大佐に代わった。

『感度良好です。どうですか、戦闘用有人機動ユニットの最初の軌道上テストをまんまとやっちまった気分てのは』

『いやあ、まさか実用に使う日が来るなんて思ってもみなかったんでな。貴重なデータがばっちりとれてるぜ。地上でも言ったが、メインスラスターの推力は作業用の五倍に上がってる。機動《マニューバ》するときは振り回されないように気をつけろ。それから、太陽電池パネルの強度は飾りみたいなもんだ。待機状態での充電のためにつけたようなもんだから、もし戦闘機動でもするようなことになったら切り離しちまえ』

『地上四〇〇〇キロで戦闘機動ですか』

チャンは、熱反射膜越しに輝いて見える青い地球に目をやった。高軌道といえる高さで、地球は一目でその直径が見渡せるほど離れている。

『あんまり考えたくない事態ですな。それじゃ、お披露目《ひろめ》はここまでだ。美紀、ダイナソアから離れるから、そっちの軌道に移ってくれ』

『了解』

見慣れている作業ユニットとはずいぶん違う加速で、チャンの宇宙服はダイナソアから離れた。

『あのやろ、ちゃんと軌道計算して動いてるのかしら』

目で見てわかる程度の加速量だからベクトルの変化は大したことにはならないだろうが、目標高度が三万キロの彼方では低高度での小さな動きがかなり大きな変化になって効いてくる。ターゲットになっているファイブカード衛星は、広げた太陽電池のさしわたしを含めても五〇メートルもない。

『まあいいか、航法アシストのできる有人機動ユニット《MMU》だそうだから、少しくらいずれたところに飛んでっても、ハードレイクでなんとかなるか。C号機よりハードレイク、チャンとの安全距離確保。これより軌道変更噴射開始します』

　宇宙空間では、よほど条件がよくないと蒼白い液酸／液水系のロケット噴射は見えない。最初の噴射の勢いのままゆっくり離れていくチャンの目の前で、機体各部の反動制御システム《RCS》から瞬間的な噴射を繰り返してゆっくりと機首を巡らせたダイナソアが、新しい目的地に向けて軌道変更噴射を開始した。

　チャンは、宇宙服の左腕にくくり付けられている船外活動用の腕時計を確認した。船内でちらっとのぞいた変更後のダイナソアの飛行プランによれば、この高度での噴射はおよそ四〇秒。以後、数回の修正噴射を経て太平洋上空のクイーン・ザ・スペードにランデブーする。

「こっちゃあ、このまんまで行けるのかね」

　つぶやいて頭の上を見上げたチャンは、苦笑いしてから目の前にある地球と反対の方向に目をやった。静止衛星軌道は赤道上空で、必ずしも自分の頭の向いている方向にあるとは限らない。

　チャンは、ヘルメットの横から引き出して目の前に持ってくる小型液晶ディスプレイを見た。サイズはずいぶん小さいが、見慣れた航法ディスプレイの映像が映し出される。

「今のところは予定通り《オン・スケジュール》、まあ問題になるようなずれが出たらハードレイクから言ってきてくれるから、のんびり構えてりゃいいか」

『んで、ずれてる、ですと?』

単独飛行に入ったチャンが、ハードレイクからの連絡を受けたのは数時間後だった。とりあえず辺りを見回してみるが、とっくに高度二万キロを超えているので、現在位置を確認できるようなものがそこらへんに浮いているわけがない。

『そっちのトランスポンダーの位置が、予定のトランスファー軌道からずれてる』

ハードレイクから飛んでくるマリオの声は、苦渋に満ちていた。

『なに? てことは、修正噴射でリカバーできる程度のずれじゃねえのか?』

『リカバーできるんだが、その場合、時間が足りない。間に合わせようと思うと、推進剤が足りなくなる。チャンひとりしか運ばないから推進剤の総量がその程度でもなんとかなるだろうと思ってたんだが、こっちの計算だともう一周トランスファーしてからでないと、クイーンとランデブーできなくなる』

『遷移軌道一周分も待機したら、時間が足りないからってオミットされたカイロン物産の奴だって間に合っちまうじゃねえか。それじゃダメなんだろ?』

『静止軌道上に宇宙機が進出してるのは、もうばれてるはずなんだ。噴射時間を短く区切れば何とかランデブーできるが、静止軌道に乗るための最後の減速に使う推進剤が足りなくなる。近所を通り過ぎるだけならなんとかなるが、その場合、そっちのロケットランチャーじゃ命中精度が期待できない。大佐に確認したが、ランチャーに入ってるのは地上で使うことしか考えてないロケット弾で、真空中での軌道制御なんかできる代物じゃない』

『携帯用のロケットランチャーの中に反動制御システム《RCS》まで仕込んだロケット弾が入ってたら、そりゃもうびっくりしますけど。それで、その場合、どれくらいの近所を通り過ぎられるんだ?』

『最大限に楽観的な数字でも、一〇キロ。その場合、相対速度が秒速で二〇〇メートルはいく。一〇〇キロ離れていいんなら、相対速度をもっと抑えられるんだが、当てる自信ある?』

『サンディエゴからロサンゼルスのビル狙うようなもんじゃないか。人間の網膜で見えるのか、それは?』

『かなり、厳しい。たぶん、そっちの機動ユニットについてる光学照準機を使ってもらうことになるとは思うんだが……』

『……ちょっと待て』

チャンは、背中の大型ユニットに目をやった。

『要するに速度さえ稼げりゃいいんだろ。小型の固体ロケットモーターでよければ、四本ばかり手持ちがあるぜ』

『……なに？』

あからさまにハードレイクからの応答が遅れた。チャンは、ＭＭＵと自分の宇宙服をつなぐ結合ベルトを解きはじめた。

『弾頭外して噴射させれば、この微小重力下だ、結構な加速力になるはずだと思うんだが』

『ちょっと待て、チャン！　ロケット弾のモーターはずして使うつもりか⁉』

『はずすのは弾頭のほうがいいだろう。ディスプレイ装備のＭＭＵってのは、こういうときには使えるな。作業手順を送ってくれ』

『ちょっと待てえ！　そんな状況でそんな改造するつもりなのか⁉』

『敵は地上最大の資金源なんだろ』

チャンはＭＭＵの状態を確認した。すべての推進装置と姿勢制御装置には安全装置がかかっており、少しばかり暴れたところで勝手に動き出す心配はない。

『少しでも勝ち目があるんなら、知恵と勇気は今のうちに使うべきだと思うが』

『……念のために聞かせてくれ』

ヘルメットのスピーカーを通してさえ、ミッションコントロールセンターがざわついているのがわかる。マリオは、冷静に質問した。

『そのタイプのロケット弾を分解したことはあるのか？』

『ガキの頃に二段ロケットに改造したことだってあるぜ』

結合索をすべて解除して、チャンは背中のMMUから浮かび上がった。動きやすいように電源供給を宇宙服側に切り換え、引き出した特殊繊維のザイルを命綱に接続する。

『おほ、こうやって離れてみると、宇宙空間を丸木舟で漂流してる気分だね』

半径二万キロに、固い地面は存在しない。太陽光遮蔽膜《サンシェード》越しに見る宇宙空間は星が見えず、ぎらぎら照りつける太陽と青い地球、それにかろうじて月が見えるくらいで、闇のなかを漂っている感覚に陥る。

MMUに向き直ったチャンは、肩口から延びているマニピュレーターの先のビデオカメラにピースサインを出してみせた。

『チャン！　こら、高軌道まで昇ってなにしてる⁉　早く定位置に戻れ！』

『適当な場所に弾頭を抜いたロケット本体を固定して点火する』

チャンはMMUの両サイドに取り付けられているロケットランチャーに手をかけた。引き出したままの小型ディスプレイを、引っ繰り返して見えるようにセッティングし直す。

『このまま分解してもいきなり爆発くらうこたねえと思うが、わかってる奴をコントロールに連れてきて見本を見せてくれ。でないと、適当に自分でやるぞ』

『しばらく待ってろ』

ミッションコントロールの声が代わった。ディスプレイに目を走らせたチャンは、映像がコントロールセンターに切り換えられているのを確認した。いつものテンガロンハットをかぶったガーランド大佐がアップで笑っている。

『今、そこにあるのと同じM72ロケットランチャーをうちの格納庫に取りにいかせてる。その前に必要な工具を揃えろ。MMUの脇のパネルに工具セットが入ってる』

打ち上げ前のレクチャーを思い出したチャンは、MMUのごついサイドパネルを開いた。むき出しのパイプラインの間に、非常用に用途を限ったらしい汎用工具が機能的に収納されている。船外活動のときは、それに合わせた工具を持って出るから専用工具を使うことが多い。

『工具確認。どれ用意します?』

『ドライバーとレンチを引っ張り出しとけ。ロケット弾を二段式に改造した経験をお持ちとは頼もしい限りだ。ここだけの話にしといてやるからほんとのところを聞かせてくれ、どうなった?』

『……点火と同時に爆発しました』

チャンは苦笑いして答えた。

『結構大きなクレーターができて、安全確保の必要性を学びましたよ』

『そいつはいい経験だ。よおし、ランチャーが届いた。ディスプレイでやってみせるから、そのとおりに再現しろ』

ミッションコントロールセンターからの映像が手持ちカメラに切り換えられた。コンソールの上に置かれた携帯用のロケットランチャーが大写しになる。

『落ち着いて行け。まだ時間の余裕はいくらでもある』

MMUの重心線に合わせて、弾頭をはずしたロケット弾を固定する。並行して、地上では、ほんの一瞬しか使えないロケットモーターの推力を少しでも確実に利用するための計算が行なわれた。

「燃焼時間は一秒。本来ならランチャーの中で燃焼終了ってロケットモーターなのに……」

ぶつくさ言いながら、マリオはコンピュータの中で何度目になるのかわからないMMUの加速を開始した。

使用されるロケット弾はふたつ。それによって得られる加速度は、瞬間的とはいえMMU本体の推進システムをはるかに上回る。しかし、それこそグラム単位で推力の調整ができるMMUと違い、ロケット弾用の固体ロケットモーターは推力方向の制御すらできない。

「確かにこの程度の加速力でじゅうぶん間に合うんだが、でも、どこでずれるかわからないのに……」

『とりあえず、こんな感じでどうだ』

MMUの背面にとりつけた弾頭抜きのロケット本体を、チャンがマニピュレーターの先のビデオカメラをまわして映し出した。

「だから、推力軸線の確保もできてないのに、どーする気だよ」

「一発目の点火でデータをとって、二回目の点火で修正を行なう。どうせこのままじゃ一機は絶対に間に合わないんだ、結果を見てから先のことは考えてもよかろう」

「ずいぶんな改造ねえ」

メインスクリーンに映し出された、ロケットブースターを装着されたMMUを見たジェニファーがつぶやいた。

「あれで火ぃ噴いて飛んでくなんて、ますますそばにカメラが欲しいわあ」

「ハードレイクからロケットマンへ」

ビデオカメラの映像で、念入りに固定状況を確認したガーランドがチャンを呼び出した。

「第一回噴射を試してみよう。その結果を見て、少しばかりセッティングを変えてもらうかもしれないが、とりあえず定位置に戻って自分を固定しろ」

『了解』

マニピュレーターの先のカメラは背面に取り付けたロケットの状況をモニターできるようにしたまま、チャンはMMUの前面に戻った。宇宙服のバックパックを定位置にはめ込んで、固定索をつないでいく。

「MMUの姿勢制御はこちらから行なう。推力軸線が確定できないから、加速方向はおおざっぱなもんだが、あさっての方向に飛んでくようなことにはならないはずだ。背面から爆発したような加重がかかるかもしれんが、気にすることはない」

『了解です』

メインスクリーンに固定されたロケットモーターが映し出されたまま、チャンの声が答えた。

『固定完了、確認。点火準備完了』

「MMUの姿勢確認、軌道長半径、傾斜角、離心率確認！」

MMUに組み込まれている航法システムから、現在位置に関する軌道六要素が送られてくる。すべてのデータを確認して、オペレーターはガーランドにGOサインを出した。

「姿勢制御、デリケートに動かすからおとなしくしてろ」

ハードレイク側からのコントロールで、トランスファー軌道を上昇していくMMUの姿勢が微妙に調整される。

「姿勢確認、噴射角最終確認、点火準備！」

『点火準備』

チャンは、アームレストに組み込まれているミサイルの発射ボタンに手をかけた。点火装置は発射装置をそのまま流用しているから、トリガーボタンを押すと同時にロケットモーターが点火される。

「カウントダウンは、そっちで行なえ」

『了解。カウントダウン入ります。三、二、一、ゼロ！』

あれこれ考える前に、チャンはアームレストのトリガーボタンを押した。ＭＭＵの背面に固定されたロケットモーターの点火プラグに電流が流れ、燃焼が開始される。

高軌道上に、固体ロケットブースターの噴射炎がわずかな時間だけきらめいた。

『ダイナソアＣ、ブラック・ジョーカーに最終接近シークエンス入ります』

『バッカス三世、ジャック・イン・ダイヤに定位置確保』

『パイン・クラッシャー、クラブ・エースに接近中』

『デウェー四、キング・オブ・ハートと距離五〇メートルで固定』

『チャンよりハードレイク、クイーン・ザ・スペードまで直線距離二〇〇！』

ハードレイクのミッションコントロールセンターに、定位置についた各宇宙船からの連絡が届いた。

「間に合ったぜ……」

メインスクリーンに表示された五つの静止衛星と、それに重なるように表示されている四機の宇宙船と一体のＭＭＵのシンボルを見たガーランドが、ミッションディレクター席のマリオに親指を上げてみせた。

「まだ、最後の詰めが残ってます」

各宇宙船の位置関係と待機状況をディスプレイ上で確認して、マリオはもう一度メインスクリーンに顔を上げた。

「チャン、行けるか？」

『カメラに愛しのクイーンが映ってるだろ』

サブスクリーンのひとつに、チャンのMMUから送られてくるリアルタイム映像が映し出されている。

『ロケットランチャーは二発残ってる、この距離なら外さねえだろ』

「他の四機、作戦開始できるか？」

それぞれのミッションコントロールセンターを通じて、GOサインが返ってきた。

メインスクリーン横の世界時計を確認して、マリオはうなずいた。

「よおし、作戦開始。ファイブカードをぶっ潰せ！」

待機していた船外活動要員が、ジャック・イン・ダイヤとキング・オブ・ハート、クラブ・エースに宇宙遊泳を開始した。ダイナソアはブラック・ジョーカーを直接押さえつけるようにロボットアームを展開し、チャンは目の前に浮かぶ大型の人工衛星めがけてMMUに取り付けられているロケットランチャーの照準を合わせる。

「一基は、どうしてもあきらめなきゃならないか……」

メインスクリーンに分割して映し出されているそれぞれの作業状況を見た劉健が、名残惜しそうに言った。直接船外活動要員が張りつく人工衛星については、通信システムのシャットダウンを中心とした緊急機能停止が行なわれる手筈になっているが、かろうじてチャンが接近することに成功したクイーン・ザ・スペードについてはロケット弾による破壊が敢行されることで話がついていた。

「マニュアルもなしに放り出しましたから、下手にいじくってデータ逃がすくらいならぶち壊した方が早いかと……」

「五基買って、四基残ればまあ許容できる範囲か」

いつもどおりの野戦服のポケットから電卓を取り出して叩きはじめる。

「再プログラミングと、メンテナンスに結構お金かかるわよお」

ジェニファーが楽しそうに言った。

「なにせ今回の作戦は後先考えない破壊作戦ですから、また使えるようにするには手間とお金かかるんじゃないかしら」

「それも、ジャガーノートが巣食ってた衛星ともなれば、そりゃあ手間はかかりそうだが……」

「はずした⁉」

スクリーンを見ていたガーランドが声を上げた。映し出されているクイーン・ザ・スペードはさっきまでとまったく変わらずにそこにあり、ただ発射されたロケット弾の噴射煙だけがぼんやりと重なっている。

『え、だってきっちり照準ど真ん中に入れたぜ？』

「そっちのガンカメラの映像は確認している。少し待て、照準プログラムを再調整する」

「大佐！　照準プログラムが地上テストの時のままです！」

即座にシステムチェックを開始したオペレーターが声を上げた。真空、無重力の宇宙空間と、一Ｇ、一気圧の地球上とでは発射条件が大きく異なる。

「ばかやろ、初歩的なミスしやがって！」

『地上で発射テストやったんですかい……』

「すまん。すぐにそっち向けにプログラムを切り換える、二弾目を発射準備してくれ！」

チャンの目もとのディスプレイに、照準プログラムが切り換えられたことを示すメッセージが表示された。チャンが再びディスプレイのクロスゲージの中央に標的となるべき静止衛星を捉える。発射準備完了の文字を見て、チャンはトリガーボタンに手をかけた。

『発射準備完了！』

「発射しろ！　今度は命中するはずだ！」

大佐の声を聞いて、チャンはトリガーボタンを押し込んだ。反応なし。

『うっそ!?　反応なし、もう一度試してみる！』

セレクターが最後に残っている四発目のランチャーになっているのを確認して、チャンはもう一度トリガーボタンを押した。今度ははっきりと、目もとのディスプレイにエラーメッセージが表示された。

『不発だ！』

「ここまで来て不発だと⁉」

ハードレイクコントロールにも、静止軌道上のMMUと同じデータが転送されてきている。ロケット弾に発射命令は送られているのだが、ロケット本体にその命令が伝わっていないらしい。

『んのやろ、ここまで来てそれはねえだろ。どうします大佐⁉　ランチャーから本体引き抜いて投げつけますか？』

「無理だ！　本体《バス》に一発で命中させないと、衛星の機能停止なんかできんぞ！」

『そうすると、ええと……』

『ジャック・イン・ダイヤ、作動停止！』

『キング・オブ・ハート、機能停止確認！』

早めに作業に入った他の衛星担当から、次々に作業完了報告が入りはじめた。

『マリオ、おれの現在位置は確認されてるんだな？』

「今さらなに言ってる、当たり前だろうが」

『ほんじゃ回収頼むぜ、通信終わり！』

ぶち、と強引に通信回線を断ち切ったような音が聞こえた。

「ＭＭＵに自動飛行プログラム入力！」

オービタルコマンドのオペレーターが叫んだ。

「自動飛行プログラムだと⁉　応答しろチャン、何考えてる！」

「ＭＭＵ、推力最大で噴射開始！　……クイーン・ザ・スペードへの突入軌道です！」

「なに⁉」

分割されたメインスクリーンの画面に映し出されていた、大型の情報通信衛星のひとつが急速に拡大した。画面が白くホワイトアウトしたかと思うと、それきりなんの入力もされない砂の嵐に画面が切り換わる。

「チャン！」

マリオは声を上げた。

「応答しろ、チャン！　今、お前なにやった！」

「落ち着けマリオ」

ガーランド大佐はコンソールに目を落とした。

「そのチャンネルは、こっちの会社で使ってる奴だ。スペース・プランニングのチャンネルに切り換えて呼び出してみろ」

マリオはすばやく通信チャンネルを切り換えた。

「中南米上空なら、ここからでも目視できる。間に合わせのパラボラアンテナでも受信できるはずなんだが……」

『……こちらチャン、ハードレイクコントロールどうぞ……聞こえねえかな、標準装備のちゃちな無線じゃ地上まで届かねえか』

スピーカーから、それまでとうってかわってノイズの多い声が流れ出した。

「ハードレイクコントロールよりロケットマン！　今なにやった、答えられるんならすぐに答えろ！」

『お、その声はマリオだな。なにやったって見てのとおりさ。MMUをクイーン・ザ・スペードに突っ込ませた。うまくアンテナ飛ばして接続部分をなぎ倒したから、衛星の通信機能は失われてるはずだが、そっちで確認できるか？』

「突入寸前のMMUの飛行質量が、いきなり一四〇キロばかり軽くなってる」

ガーランド大佐が、マリオに告げた。

「こっちのモニターでは、クイーン・ザ・スペードは完全に機能を喪失してる。あのやろ、せっかく作った戦闘用機動ユニットを最初のミッションでカミカゼさせやがった」

『すいません大佐。回収艇よこしてくれれば、MMUの残骸だけなら持って帰れると思うんですが……』

「脅かすんじゃねえ」

気の抜けた顔で、マリオが車椅子の背にもたれ込んだ。

「一緒に突っ込んだかと思ったじゃないか」

『ご冗談を。そういうわけで、機動ユニットを宇宙服から切り離したんで完全に動けなくなりました。早いとこ回収よろしく』

「美紀のダイナソアが仕事済ませたら、そっちにまわるはずだ。それまでロケットマン改め宇宙漂流者でもやってろ！」

『へいへい。さっきまでユニットにつながってたから電気も空気も保つはずだ、それじゃあのんびり待たせてもらいますぜ』

一呼吸置いて、チャンの口調が変わった。

『で、間に合ったのか？』

言われて、マリオはメインスクリーンに目を走らせた。

「パイン・クラッシャーからクラブ・エースの機能停止確認は来ている」

『ダイナソアCよりハードレイク、アンテナ及び電源の切断作業終了！』

美紀の声がコントロールに流れた。

『こちらのセンサーでブラック・ジョーカーの機能停止確認しました！』

「ご苦労様。チャン、君がブービーだ。今美紀がファイブカードの五枚目を停止した。……うちの担当がブービーメイカーとブービーかよ」

軌道上の五つの静止衛星のモニターが、ファイブカードの機能停止を確認した。同時にファイブカードを使っていた情報通信回線も完全に途絶し、地上の中継ステーションはあらかじめ設定されていた代替ネットで振り替え通信を開始する。

静止軌道の情報通信衛星五基とはいっても、ファイブカードが扱っていた情報流量は高軌道まで飛び交う情報信号全体の数パーセントにしかならないから、他の中継回線への振り替え、切り換えで、情報ネットそのものに与える影響は最小限にとどめられるはずだった。すべてのネットの中を流れる情報をモニターするわけにいかないから、ファイブカードを経由していた、あるいはファイブカードから発信されていたジャガーノートの指令や情報がどれくらいカットされたのか、それともなんの支障もなく流れ続けているのか、それはわからない。

作戦の成功、失敗にかかわらず、オークランドの情報管制センターのシステムはすでに撤収が始まっており、その成否を判断するにはまだしばらく時間がかかる。しかし、マリオは通信チャンネルを作戦参加全艇、及びそのミッションコントロールとすべてのバックアップ向けに切り換えた。

「ハードレイクコントロールより地上と軌道上の関係者全員に伝える。今、ファイブカード全基の機能停止を確認した。停止寸前までの情報に、ステルスチェックに引っかかるような隠しプログラムはない。よって、ファイブカードの本体に隠れていたジャガーノートはそのまま封じ込められたものと判断する。作戦終了、後始末に移れ！」

「ふわあー……」

ダイナソアの機内に回収されたチャンは、二〇時間ぶりにヘルメットをとって空気を吸い込んだ。

「聞いたわよ、ロケット弾が不発だったから、あのMMUをクイーンにぶつけたって」

「うまくぶつかってくれて助かったぜ」

美紀に答えながら、チャンはイヤホンマイクや体温、脈拍などのモニターが組み込まれたスヌーピーキャップをもぎ取る。

「宇宙服ひとつ分の重量がなくなっても自動プログラムでまともに飛んでくれるかどうかわからなかったから、航法システム任せだったんだが、うまくいってくれて助かった」

「もし失敗したら、どうするつもりだったの？」

美紀は、用意しておいた飲料パックをチャンに渡した。

「そんときゃ、直接クイーンに取りついて分解作業にかかるつもりだった」

チャンは、宇宙服の胸の工具ステーションに差したままの応急工具セットを叩いてみせた。

「問題は、ありあわせの工具であんな大型衛星相手にするから、アンテナまわりの接続ぶった切るだけでも、どれだけかかるかわからねえってことだろうな。これだけ苦労して、おれの目の前からだけ、ジャガーノートを逃がしちまうようなことにならなくてよかった」

「宇宙服だけで、これだけ長く外に出てたのって記録じゃないのかしら」

「残念ながら、宇宙服のままで仮眠をとっての船外作業はデュークが二四時間以上の記録を持ってる。非常事態で宇宙船から逃げ出したクルーが救難船を待つのに四〇時間なんて話もあるし、記録に残せるとしたら、たぶん宇宙服だけで三万キロも軌道高度を上げたのは初めてだろうってことだけども……」

「それだって、すごい記録じゃない」

「だけど、どこにどうやって申請するんだ？」

言われて、美紀はあっと声を上げた。今回のミッションは低軌道衛星の定期メンテナンスで飛行計画が提出されており、静止軌道衛星への破壊工作は正直に申告するわけにいかない。

「そうか……ジャガーノートって、世間が認めてる敵じゃなかったっけ」

「まあ、これで、おれたちもガルベスに一歩近づいたってことだ」

楽しそうに言ったチャンに、美紀は不思議な顔をした。

「なんで？」

「ほら、おれたちも、これで表に出せないフライトをやっちまったぜ」

「……そうね」

苦笑いして、美紀はフロントウィンドウの外に目をやった。本体はまだ無事らしいが、ハイゲインアンテナシステムと姿勢制御系に重大な損傷を受けた静止情報衛星クイーン・ザ・スペードが、不自然なスピンを続けている。

「……あたしたち、成功したの？」

「ミッションコントロールが言ってた作戦目標はすべて達成された。時間もない余裕もない、おまけに相手もわからない、なんてとんでもない状況の割りにはうまく行った方だと思うぜ」

「そうじゃなくて……」

美紀は、機能を停止しているはずの衛星から目を離さない。

「あの中に、ほんとうにジャガーノートなんて欲望の化け物がいて、あたしたちはそれを閉じこめることに成功したのかしら？」

「そういう専門的なことは、マリオやスウみたいな魔法使ってる連中に判断させるしかねえだろ。できればあの衛星そっくりそのまま持って帰って中味をじっくり調べたいところだろうが、どこにジャガーノートがとりついてるかわかんねえだろうから、メモリーまるごと持って帰るしかないし、そうするとクイーンは情報衛星としての機能を完全に失うし。下は、なんて言ってる？」

「社長が前の旦那さんと交渉中。ファイブカードは現在でこそ完全に機能停止してるけど、所有権はカイロン物産にあるから、旦那さんの方は情報衛星としてまだ商売させたいみたい。だけど、ここでいきなり復活させるとせっかく静止軌道まで上がってきた意味がないから、やるのなら今までのプログラムを完全に消去して、新品の情報からセッティングし直さなきゃならないんだけれど、そうするとジャガーノートの痕跡まで消えちゃうでしょ」

「……それだけじゃなくて、いちどぶち壊した衛星をまた使えるように直さなきゃならねえじゃないの」

チャンは、自分で壊した大型情報通信衛星を見た。

「ちょっと待てよ。そういうことになるんならもう少し直しやすいように壊したのに……」

ミッションコントロールとの直通通信システムが呼び出し音を鳴らした。美紀はかけっぱなしのヘッドセットのマイクロマイクに触れた。

「はい、こちらダイナソア」

『ハードレイク、ミッションコントロールよ』

相手は、マリオではなくヴィクターだった。

『これからのミッションプランを伝えるわ。主な仕事はクイーンの後始末と機能復帰だけど』

「うそお」

まだ宇宙服のままのチャンは嫌そうな声を出した。

「おれたち、あれ壊しにこんなところまで上がってきたんじゃないの？」

『それは、あたしたちの正当防衛。これからは、お仕事。大変なのよ、今回の仕事は結局スポンサーなしで突っ走っちゃったんだから、少しでも稼げるところで稼がないと、あなたたちの帰るところがなくなっちゃう』

「……これだから商業主義の宇宙飛行ってやつは……」

チャンはこめかみを押さえた。操縦席に飛んだ美紀が、通信モニターのヴィクターの顔を見て口を開く。

「でも、今回のミッションは通信衛星の破壊ってことでしたから、ここにはその準備は整えてませんけど」

『あたしや大佐がそんなミスすると思う？』

ヴィクターは通信モニターの向こうで意味ありげな微笑みを浮かべた。

『ファイブカード相手のミッションって決まった時点で、仕様書と部品取り寄せて、分解整備できるくらいの予備部品はダイナソアに積み込んであるわ。おまけに大佐が戦闘用のMMUなんてものまで積み込むから、高軌道ミッションだっていうのに重かったでしょう』

「なんか使いそうもないような部品が多いと思ったら……」

機長として、空いている時間に積み荷リストのチェックくらいは行なっている。

『記憶装置は形式問わずに全交換して、それから電源とアンテナの修理。新しい基本ソフトは今発注してるから、そっちの作業が終わるまでには送れると思うわ。がんばってね』

げんなりした顔で、チャンは美紀と顔を見合わせた。リヤパネルの通信モニターを覗き込む。

「ひとつ、じゃなくてふたつばかりお願いしたいことがあるんですが」

『なあに？』

「ハードレイクから五〇マイルくらい行った、サンベルナルディノハイウェイ沿いの、ナンバー15ってつぶれたモーテル、知ってます？」

『わかるわよ、隣で動物園みたいなガススタンドが営業してる、あそこでしょ』

「裏の駐車場に、僕のコルベットが停めてあります。埃《ほこり》をかぶらないうちに回収してきてください」

『お安いご用よ。でも、なんでそんなところに？』

「それともうひとつ、ダッシュボードの中にスピード違反の切符が入ってますんで、支払い期限が切れる前に払っといてもらえますか？」

　モニターの向こうで、ヴィクターが笑い出した。

『そういうことね。わかった、払っといてあげる』

「ったく、身体を張ってジャガーノートの脅威から軌道上を救った宇宙飛行士が、なんでスピード違反の罰金の心配なんかしなきゃなんねえんだ」

　ぶつくさ言いながら、チャンは宇宙服を脱ぎはじめた。

「飯食って寝るぞ、おれは。次の仕事は、起きてからだ」

「はい、おやすみなさい」

『じゃあ、とりあえず今までに確定してる作業手順を送るわ。確認してちょうだい』

「はいはい」

仕方なく、美紀はシートに着いてモニターに向いた。しばらくしてはっと気がつく。

「ねえチャン、次の裁判って……」

脱ぎ散らかした宇宙服が開け放したロッカーに突っ込まれた形のまま浮いていた。すでに床下のベッドボックスのドアはしまっている。

「寝ちゃった……まあ、いいか」

美紀は、計器パネルに目を戻した。静止軌道のクイーン・ザ・スペードに接近飛行しているダイナソアC号機の飛行状態は正常、ディスプレイ上には素性のわからない未確認飛行物体は存在しない。

「どうせまだこれから、先は長いんだし」

それからしばらくの間、株式市場において航空宇宙業界株は安定した値動きを続けることになる。

創元SF文庫版あとがき
二一世紀になったのに宇宙時代じゃないんですか?

この話を書いたのは一九九九年、恐怖の大王が降ってくると予言された人類滅亡の年です。一九九九年もそりゃいろいろありましたが、世界が滅亡するほどの大事が起きるような気配もなく淡々と日常を過ごしておりました。恒久的と宣伝された国際宇宙ステーションも建設開始、シャトルも運用開始そろそろ二〇年で後継機の開発がいろいろぶち上げられていた頃。でもケータイはまだアナログで、ネットも電話回線経由で速度も遅かったっけ。

PCで原稿を書く環境は今といっしょ。でも調べ物するのにネット潜るよりは本めくったり参考図書探しに本屋や図書館行っておりました。冒頭、アメリカでの裁判所の仕組み調べるのに当時住んでた池袋の近所の図書館行っていろいろ調べたっけねえ。

んで、再刊のためにチェックしたのはそれからかれこれ約二〇年後。生まれた赤ん坊もとっくに成人してるだけの年月が過ぎてるわけで、そりゃーいろいろ変わってます。

笹本はタバコは喫《す》いませんが、キャラ表現の小道具として使うことはあります。今作でも、禁煙のはずのコンピュータールームで火を点けないでタバコだけ銜《くわ》えてるキャラが出てきて、さあ困った。

舞台は書いた時同様の近未来。数十年先が十数年先な感覚になっちゃってますが、手が届く範囲の近未来であることに代わりはありません。でも、嗜好品に対する感覚が書いた当時と違っちゃってるなら、そりゃあ修正しなきゃならない。

サブキャラの嗜好品に対する描写でもこれだけ大変なんだから、そりゃーソ連崩壊喰らったスパイ小説業界の先達は大変だっただろうなあ。

電子煙草に変換する？　いやそれだって何十年も使われるアイテムになるかどうかはわからないし禁煙場所で使えないのは同じだ。

逆に、マリオが遠隔で社長に操作させる地下図書館のイメージは、いっくらなんでも近未来でディスプレイ目の前にキーボード叩くスタイルでもあるまいと思って無理くりひねり出したものです。ＶＲゴーグルなんて名前になってゲームにまで使われるようになるとは当時は思いもよらず。もっともうちの環境にはまだまだ導入の予定もないんですが。

そして、現実の宇宙開発でシャトル後継機がぜえーんぶきれいに開発失敗してるとはねえ。

そもそも、スペースシャトルはアポロ計画を成功させたＮＡＳＡがその後に行うべきとして提案した有人月面基地、そして軌道上専用宇宙船のスペースタグ、低軌道のステーションとそこへの往復手段という計画の一部でしかありませんでした。

技術を開発する力を持ちながらそれを進める意志と予算を持たなかった米政府はコスト無制限だったアポロ計画を成功させたNASAに対して容赦なく予算削減を執行します。結果、NASAが次に開発することになったのは、低軌道ステーションへの往復手段として提案されたスペースシャトルだけでした。

NASAの計画ではスペースシャトルの運用は一〇年。五機建造、一機一〇〇回飛行可能、毎週打ち上げて一〇年と考えると、宣伝された当初構想の数字とも合致します。

一〇年後には、さらに改良され安全率も向上、コストも下がった新しい有人宇宙輸送手段が開発されているはずでした。

さらなる経済性と安全性。当時一流のメーカーが次世代こそ単段宇宙機、新技術と新素材で外装タンクも使い捨て頭にぜえーんぶ再利用可能なコンセプトを提出開発してれば、こっちだってそんな機体が飛び交う未来が来ると思うわい。

シャトルの運用は予定通りには進まず、五年後にはあのチャレンジャー事故が起きて改良のためにさらに遅れます。

後継機の開発計画もそれに伴って変更され、初飛行目標年度はずるずる先送りされます。数々の新技術で武装した未来のシャトルが全部開発失敗、設定された目標を達成できずと判断して中止撤退になるなんて当時は予想もしてませんでした。

コンピューターの性能はこの数十年で数万倍から数億倍に上昇しました。しかし、化学変化は化学史の当初からまるっきり変わらず、なにをどうやっても化学変化の式から求められる理論上の効率より大きなエネルギーは得られません。

ロケットの燃焼効率はもちろんエンジンによって変わりますが、アポロの時代でさえ九〇パーセント台後半、当時の技術の粋《すい》を尽くした結果、現在とあんまり遜色《そんしょく》のない数字を叩きだしています。つまり、ここでどれだけ新型エンジンに開発を集中したところで、化学推進である限りは九八パーセントを一〇〇パーセントにするのが精一杯、画期的な性能向上は見込めないわけです。

冶金術や材料工学、設計術の進化による機体本体の重量軽減はもちろん試みられておりますが、こちらもすでに燃料満載時の機体重量が総重量の一割とかもっと少ないとかそういう数字になってますんで、飛躍的な向上はもう期待できない。

おかげでシャトル引退後の有人宇宙は、それより古く実績があるソユーズロケットに頼ることになり、官製の有人宇宙開発計画は遅々として進まないわけです。

てな理屈を頭で理解しつつ、子供の頃にアポロ計画を見て、大人になったら宇宙旅行できると聞かされていたはずのSF作家もさすがに気が付きます。おかしくね？　なんか騙《だま》されてたんじゃね、おれたち？

よろしい、ならばSFだ。創作小説の中でなら、来なかった宇宙時代もそこで活躍するスタッフも思う存分描くことが出来る。

ＳＦだからって好き勝手出来る訳じゃありません。現実の宇宙開発は魔法じみた超技術も異星からもたらされた波動エンジンもなしに現実の物理科学法則に従って知恵と勇気で進められており、これが現場取材してみると素敵におもしろいんだ。

というわけで現実ベースで走り出したシリーズ第三作です。よろしくお願いします。

そして、その先になにがあるのか、ずっと考えていました。今も考えていますが、出来上るのを待っていたらいつまでもはじまらないことくらいは経験で知っているので、とりあえずはじめています。

現実ベースで無限に拡がる大宇宙を相手にするのはいろいろ大変です。大丈夫、話ってのは制約が多くて縛《しば》りがきついほどおもしろくなるもんだ。乞うご期待。

笹本祐一

この作品は一九九九年に『ハイ・フロンティア』としてソノラマ文庫（朝日ソノラマ）より刊行され、二〇一三年に四作目と合本のうえ『ハイ・フロンティア／ブルー・プラネット』として朝日ノベルズ（朝日新聞出版）より刊行された。本書は朝日ノベルズ版を底本とし、加筆修正したものである。

検印
廃止

著者紹介　1963年東京生まれ。宇宙作家クラブ会員。84年『妖精作戦』でデビュー。99年『星のパイロット２　彗星狩り』，2005年『ARIEL』で星雲賞日本長編部門を，03年から07年にかけて『宇宙へのパスポート』３作すべてで星雲賞ノンフィクション部門を受賞。

ハイ・フロンティア
星のパイロット3

2022年2月18日　初版

著者　笹《ささ》本《もと》祐《ゆう》一《いち》

発行所　（株）東京創元社
代表者　渋谷健太郎

162-0814/東京都新宿区新小川町1-5
電話　03・3268・8231-営業部
03・3268・8204-編集部
URL　http://www.tsogen.co.jp
暁印刷・本間製本

乱丁・落丁本は、ご面倒ですが小社までご送付ください。送料小社負担にてお取替えいたします。

ISBN978-4-488-74112-9　C0193